U0087147

SHADOW
THE DREAM HUNTER
獵夢者
影

蘇愚 著

驚豔推薦

「進入一個無限想像的異世界，展開獵奇的夢境冒險！這是一部腦洞大開的奇幻作品，讓你欲罷不能！」

——賴俊羽（Netflix原創影集《乩身》導演）

Content /目錄

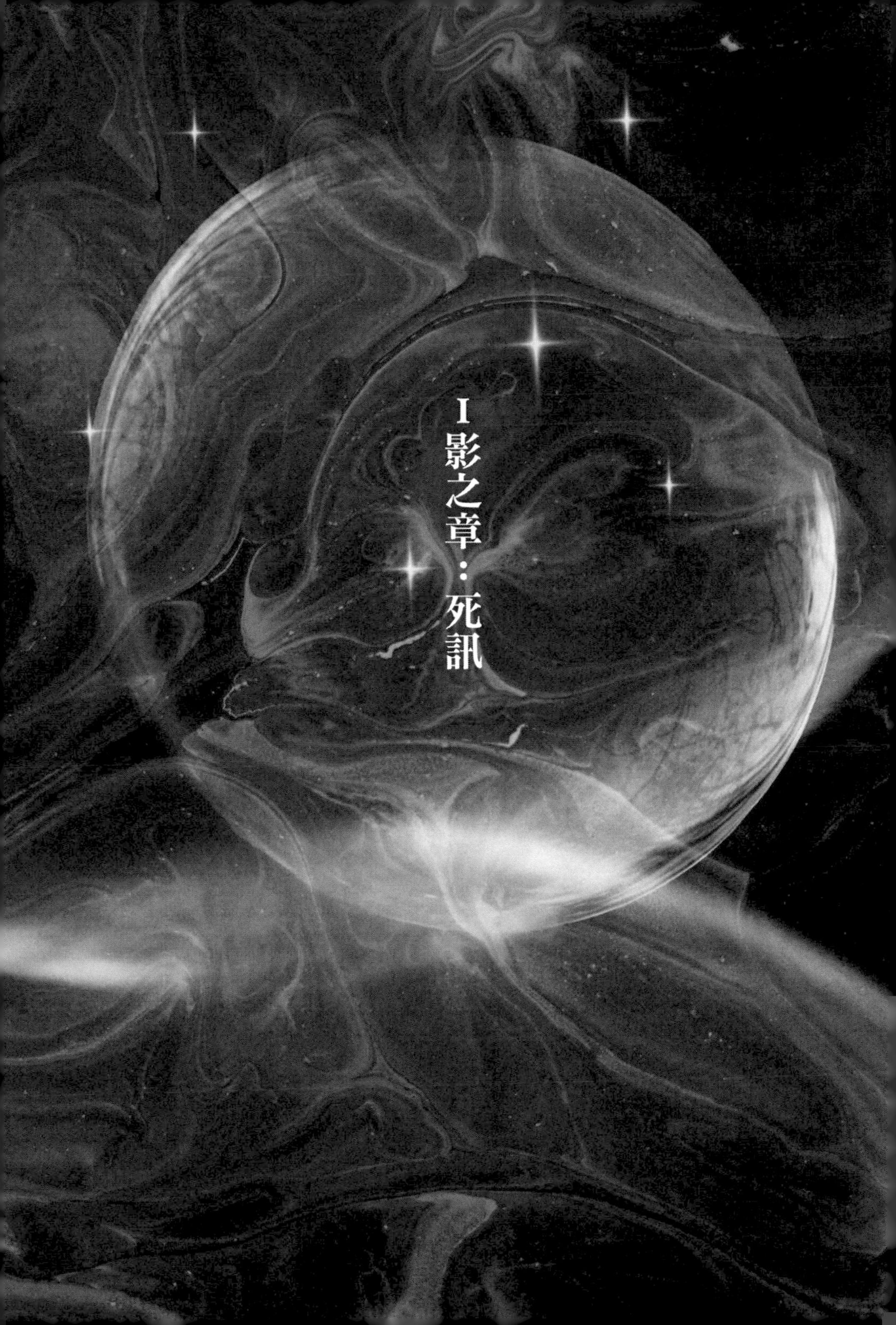

I 影之章：死訊

在人類夢境裡存在許多不為人知的夢境生物，數量最多的是獵夢族。獵夢族國度的主宰是母體，統御中心稱為聖殿。他們把人類稱為「造夢者」，夢境稱為「泡沫」，後者像星星一樣高掛在獵夢族國度黑暗的天空。

炫然閃電與雷擊交布，豆大雨點嘩嘩落下。雨水很快濡溼我的眼睛，頑強地聚積於臉孔的凹處。

我很冷，全身溼透了。

我降落在一場夏日的午後雷雨中。

環顧四方，我想藉此判斷所在的地方。

身邊很多長滿青苔的岩石，周圍都是參天古木，翠綠的葉子像風鈴，被雨點打出長短不同的節奏。

右手邊有一條河，水勢湍急，雨滴落在河裡，激起陣陣白沫。水流帶著這些白沫，連著淤泥和砂石，飛快地向下游奔馳。

我在一座山谷，蛙鳴、魚游、鳥歸巢的聲音，燕子收起翅膀的聲音、落葉著地的細微響聲，周圍自然界的所有聲響，即使輕微如植物收起毛細孔般微弱，都一一傳進我耳朵。

放眼望去盡是蓊鬱森林，空氣也特別新鮮。翠綠的樹葉被雨水沖刷得煥然一新，我漫無目的沿著即將崩塌的山路下去，路的盡頭是一個城市。

我是一個獵夢者，這個地方是一場夢。

這個泡沫的座標是（1482.5, 2837, 165）。在獵夢國度裡，母體給每個夢定下座標和亮度，藉以測量方位大小，避免獵夢者混淆。一般說來，亮度分為十等，最亮的夢是一等，最暗的是十等。通常一般獵夢者接觸到的夢亮度範圍大約是四等到六等之間，特別暗或是特別亮的夢並不常見。這個夢的外型是鵝黃色的泡泡，亮度約為六等，是一個搬不上檯面的泡沫。

泡沫的亮度強弱和它的困難度線性相關。三等以上的泡沫是較為困難的，通常是配有徽章的獵夢者才敢進入，四等以下則是屬於普通獵夢者也能順利覓食的地方。

我的名字稱作「影」，真實年齡兩百多歲，這裡說的是夢年，長度和一般人類認知的一年約等於地球公轉太陽一次完全不同。獵夢族和人類世界的時間關係是混亂的，再加上時空遲滯的因素，即使是獵夢國度最聰明的智慧祭司也無法找出換算的標準。

單純以感知的時間長度而言，一夢年約等於十二個人類年。

以獵夢族的標準來看，我是個年輕人。

這是我第一次獨自進入泡沫行動，沒有觀察者。不過這只是個六等亮度的泡沫，沒什麼特別，很快就可以解決。

從叢林出來，我面前是一個巨大城市的邊陲，大到超乎想像。

泡沫裡面的大小無法預測，有時候就是一個房間、一個電梯，有時候也可以無比浩瀚，幾個城市、沙漠，甚至到達星際的規模。

太大的話非常麻煩，在無垠的宇宙尋找造夢者就像大海撈針，這個狀況只會讓人苦惱，會浪費很多時間。

進入泡沫就是為了覓食，食物當然越近越好。

對，造夢者是我的食物，但不是血淋淋的生吞活剝。獵夢族發展出高度的文明，我們的糧食是記憶，造夢者在夢裡的記憶。

這個地方靜得不像話。就算在城市的邊緣，我依然可以察覺到異常。這當然是因為獵夢者的聽力就算是一公里外有個石頭從行駛的卡車掉下來也能聽到的緣故。

既然這麼安靜，代表城市裡面沒有人，通常就會發生一些怪事。六等亮度的泡沫完全在我可以應付的範圍，我的肚子很餓，不想再耗費力氣跳躍到另一個泡沫。

雖然貪吃不值得稱道，我對食物的嗅覺少見地敏銳，時常在關鍵時刻發揮作用。有的獵夢者的嗅覺長在錯誤的功能，比如說廁所，雖然也是不可或缺的地方，卻無助於解決飢餓。

我靠著敏銳嗅覺穿越半個城市，忽然聽見一記槍響，就在半公里外的街道。

我立即飛奔而去，就像一道灰色的影子。

一道寒氣撲面襲來，那個東西冷不防出現在我面前，我差點直接撞上去。

一個噬夢族站在街道中央。

牠的面目猙獰，是我的兩倍大，就像是巨大的爬蟲類，全身布滿堅硬鱗片，背後有雙翼。

噬夢族裡的翼族，我向後退，深吸了一口氣。

噬夢族是無敵的存在，沒有辦法對抗。

狩獵的時候牠們善於偽裝，尤其是偽裝成人類，那個人通常是造夢者心中的夢魘。眼前這位剛剛卸下牠的偽裝，一片霧濛濛的光團環繞著牠，琥珀色的眼眸帶著迷濛，現在是牠最脆弱的時刻。

噬夢族進入泡沫也是為了覓食，而且牠們無所不吃，食物的範圍也包括了獵夢者。

也就是說，食物本人剛剛差點直接送上門來。

這是一個悲劇，也會是一個笑話。

沒有聽說過哪個獵夢者是死於直接撞上噬夢者，幸好剛才沒有發生這種悲劇，我不想寫下歷史。

那個巨大的怪物完全甦醒以前，我找到一個巷子蹲下來。

先看清楚是怎麼回事。

那東西的前面站著一個人，這個人的眼瞳是亮的，也就是說，他是這個泡沫的造夢者。造夢者是泡沫裡最重要的存在，我的心臟怦怦加速，食物就在眼前，活生生的。

那個造夢者帶著食物的香氣，害我的口水差點流出來。沒辦法，我是真的餓了，要不是肚子很餓，我一定會精挑細選，絕不會隨便找一個眼前的泡沫就踏進來，尤其還是「獨自登場」這麼重要的任務。沒辦法，誰叫我擁有的特質是勇氣，也就是莽撞的好聽說法。

凜老是這樣說，說久了，好像真的一樣。

才不是。

要是知道這個泡沫裡面有一個噬夢族，我絕對會避開。這種東西誰也不想遇見，尤其是吃飯的時候。要是月芽在泡沫外頭沒有等到我出來，不知道是什麼樣的心情。

唉，她八成會鬆了一口氣，終於擺脫了這個麻煩。

噬夢者朝我的方向大步過來，大概是我不小心流下太多口水。獵夢者的口水肯定帶著什麼食物的香氣，而且還是很好吃的那種，那怪物的肚子正在咕嚕作響。

那個人類，也就是造夢者開了一槍，正中牠肩膀上厚重的鱗片。噬夢者淒厲地呼號，彷彿整個大地都在震動。

子彈這種東西雖然無法貫穿噬夢者的身體，卻足以對牠造成重擊，然後牠會變成一個被激怒的無敵怪物。也就是說，這不是個好主意。

造夢者趁機逃進街角的一棟建築物，被人類稱之為警察局的地方。

我不安地盯著那個怪物，怒氣衝天的噬夢者隨時有可能直撲過來。

牠完全被激怒，終於不顧一切向警察局衝過去，以飛快的速度撞出一個大洞，走過的地方烙下一排腳印，冒著絲絲寒氣。

好冷。

噬夢族是我們的天敵，這個世界食物鏈的頂端，我應該放棄這裡，到此為止。心裡有個聲音這麼說。

可是……，食物就在眼前。

出於最原始的本能，我決定保護眼前的食物，輕身竄進那棟警察局。

我儘量伏低自己的身體，雖然知道沒有用，只是出於某種安全感的需求。噬夢族是靠嗅覺追蹤食物的氣味，牠們的視力很差，幾乎看不見東西。

這是月芽說的，我從不懷疑，也沒有機會驗證。不過，月芽說的話大都是真理。

然後，我找到他們。

噬夢者和造夢者。那頭怪物本來正想享用大餐，一根矛爪已經把那個造夢者攫住，我的出現打亂了牠的節奏。

牠回頭看著我，眼神貪婪，就像看著聖誕大餐。那根矛爪咻地放下了造夢者，朝著我的方向直竄過來。

要對付這種怪物的辦法只有一個。就是拔出懸在腰部兩側的刀，以人類無法看見的速度翻躍上去，揮刀砍下那怪物的鼻甲。

這就是困難的地方。知道是一回事，真的做到又是另一回事。

對別的獵夢者或許是如此。但我是影，刀影的影，速度是我的特長。那根矛爪還沒碰到我，牠的鼻甲已經掉在地上。

大量綠色的鮮血噴濺出來，那怪物淒慘地呼號起來，噬夢族之間自然也有語言，只是獵夢者從來不知道那些音節代表什麼。

我們兩族一見面就是殺戮，而且是單方面的。食物鏈的順序不曾倒轉過，我們兩族也沒有需要溝通過。

「快走！」我過去拉起造夢者，打算帶著食物逃之夭夭。

那個人一臉驚訝，大概以為自己藏得很隱密，不知道食物的氣味幾公里外都能聞到。

人類移動的速度太慢。我帶著他掠行，飛快穿越過兩個街區。

這個人看著我，忽然說了一句話。

「嘿，你是月芽的同夥，對吧？」

換我一下子說不出話來，目瞪口呆看著他。

「月芽也是用刀削去怪物的鼻子，所以鼻子是牠的要害囉？」這個造夢者繼續說。

「不是要害，我們無法殺死牠。不過只要削掉鼻子，牠就無法繼續追蹤我們。」我問：「你認識月芽？」

「認識月芽很奇怪嗎？」

「你是什麼時候遇到月芽的？」

「三年多以前。」

自從脫離母體以來，月芽一直跟我在一起，而我對這個人沒印象。獵夢國度的時間和泡沫裡面的時間對應關係是混亂的，也就是說，雖然他說的是三年以前，實際上卻發生在未來，月芽和我的未來。

但是，月芽沒有吃掉他的記憶，發生了什麼事？

「月芽呢？」

「發生了一些事情，她可能死了。」

「月芽不可能死。」我肯定地說。月芽是最有力量的獵夢者，她生來與眾不同，在聖殿領取徽章，智者曾為了要賦予力量或是智慧給她而爭論不休，最後她自己選擇了力量。

對，沒有勇氣。因為勇氣只是莽撞的好聽說法，月芽沒有這個特質。

就在這時，那個人口袋裡的手機響了，他好像也嚇了一跳。「我接個手機，等我一下，這很重要。」

沒有什麼比月芽更重要。不過他直接接起了電話，我知道阻止沒有用。

「我的天！你總算打來了。」他和對方說了幾句，一個叫周秀樹的人，他們約定在一個地方見面。不遠處的藍色大樓，他們稱那邊為百貨大樓。

這個人又開了幾槍，有任何風吹草動他就開槍。

「月芽到底發生什麼事？」電話說完，我立刻抓著他問。再不問清楚，噬夢族就快被他引過來了。

「我也不知道。和她分開的時候，狀況不是很好，我也急著逃命。」

逃命？和月芽在一起還需要逃命？月芽自己一個就能對付四、五個噬夢族，就算一等亮度的泡沫也在她的狩獵範圍。

「你們遇到什麼狀況？」

「不是遇到，我們去救人，去……那種怪物的巢穴。」

去噬夢族的巢穴？月芽為何要做這件事？

「過程一團混亂，你們還有一個同夥跟著月芽，好像叫蝕衣吧。那個蝕衣一點用也沒有，都是為了她，月芽被那種怪物刺穿身體，差點被撕開。然……然後她舉起手，天空忽然出現一個大洞，到處都是狂風暴雨。」

聽到這裡，我明白過來，深吸了一口氣，說：「月芽在召喚入口。」通往另一個泡沫的入口。我早就懷疑月芽有這個能力，不，應該說如果有哪個獵夢者能召喚入口，那必定就是月芽。

「她成功了嗎？」我問。

「我不知道。她只來得及把我弟和蝕衣送進去，我距離太遠，根本過不去。後來就忙著逃命，一直到現在。」

我一句話都說不出來。月芽在重傷垂危的狀況下召喚入口，還幫另外的獵夢者和人類作了一次跳躍，為什麼偏偏是這種時候我不在？

「欸，你也能召喚入口嗎？」那個造夢者問。

「不行，召喚入口要具備很強大的力量。」

而我，甚至連一個跳躍都還沒做過。從一個泡沫跳躍到另一個泡沫，是獵夢者無計可施下的逃命招數。跳躍只能自保，沒辦法帶人，就算是另一個獵夢者也不行。

除非能找到入口。

月芽的確是傳授過我跳躍的技巧。至於我為什麼一次也沒施展過，當然是因為不需要。就地覓食是天性，再說月芽加上我，根本就不會有什麼被逼到要逃命的窘境。

那個蝕衣到底是弱小到什麼程度，居然害月芽受傷，簡直不可思議。

「我在找我弟，你知道月芽會把他們送到什麼地方嗎？」

「在那種情況下……」月芽重傷垂危，力量不足。我說：「月芽能去的地方只有一個，也就是距離最近的下一層。」

「下一層？」這什麼意思？

「我雖然不能召喚入口，不過我看得見。大概是你的運氣，下一層的入口就在那裡。」我伸手指著不遠處一棟百貨大樓。「你剛剛和電話裡的人約定的地方，在頂樓。你們到那裡，我帶你們跳躍到下一層。」

不知是怎麼回事，我的肚子現在完全不餓，一點胃口也沒有。

那個人明白了我的意思。「你說得對，下一層，我怎麼沒想到。這麼說來，任務的目標可能在最深的地方……」他喃喃說了幾句，忽然問：「欸，月芽的同夥，我要怎麼叫你？」

「影。」其實沒必要說，不過月芽既然把名字告訴他，我比照辦理。

「我是許長治。」許長治說：「我們有三個……」還沒說完，一道寒氣侵襲而來，是噬夢者的氣息。

「你先走。牠們又來了，不只一個。」噬夢族的氣息正在逼近，來了好幾個。

「我可以問吧。要是被那種怪物殺掉我會怎麼樣？我的意思是……真實的我們。」

我很震驚，這個人知道，他知道自己正處在一個泡沫裡。

是月芽說的嗎？

「你們會死，在睡夢中，在各式各樣的意外裡。有可能不是馬上，有時空遲滯……」我還在想要解釋到什麼程度，許長治已經臉色發青。

「那我先走了，我在大樓樓頂等你。」他只留下這句話。

那些怪物從四面八方被引誘而來，我很好奇自己聞起來是什麼樣的香味。

噬夢族在人類眼中通常是以他們最害怕的形象出現。對我來說，牠們就是草原上最卑劣的鬣狗，臭不可聞，毫無文明。只是披著堅硬的鱗片，爪子無比銳利，背後那對一展開就是半個天空的蹼翼能飛越泡沫，僅此而已。

我拔出懸在腰間的雙刀，毫無畏懼地等著。既然你們傷害月芽，我們之間就不只是掠食者和食物的關係了。

我一定會找到殺死你們這些怪物的辦法。

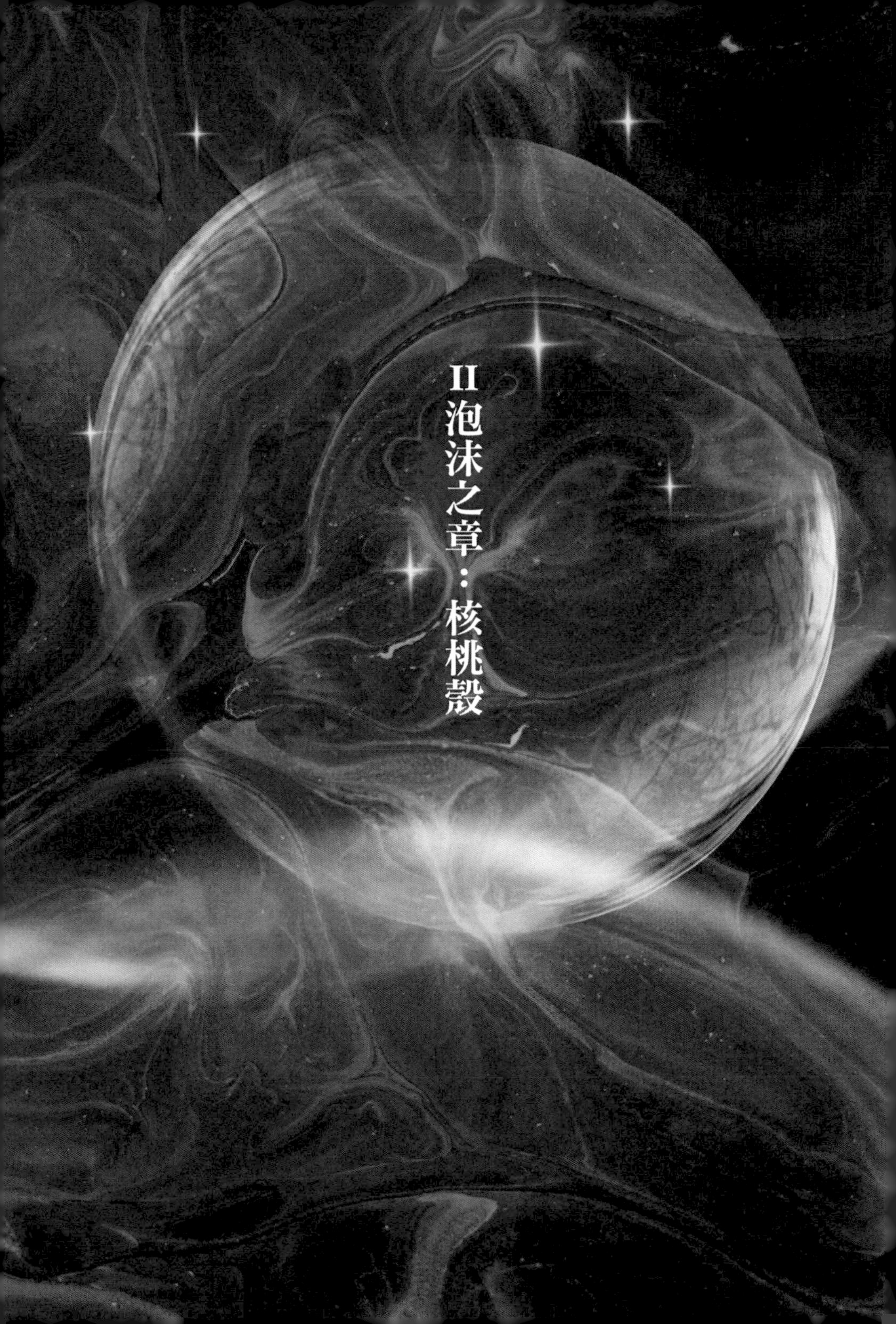

II 泡沫之章：核桃殼

泡沫座標（1482.5, 2837, 165），亮度六等，鵝黃色。

第一層，現在。

周秀樹不知道他怎麼來到這個地方。

嚴格來說，不能說「來到」，這裡是他住過的地方。

熟悉的街道，曾經打發過一日三餐的小吃攤。所有一切景物都跟當時一樣，廢棄在騎樓的腳踏車吱嘎作響。

唯一不尋常的是呼呼吹過的風，還有風吹來的落葉。路旁沒有樹，而這風已經連續吹了幾個小時。

有些角落似曾相識，有幾家店他卻從未見過。

他繞過那台生了鏽的腳踏車，轉進到小巷子裡，從某個昏暗的入口進去，爬上三樓，來到他以前住過的小房間。

桌椅擺設一切如舊，卻有點奇怪，不知怎地有拼湊的感覺。

問題大概是出現在那支手機，手機是舊式諾基亞，正亮在桌上響著熟悉的鈴聲，期待他接起來。

他擁有過這支手機，卻不是在這個小房間，那時他已經開始研究助理的工作，暫時住在大學宿舍裡面。

他好不容易下定決心接起來，對方卻掛斷了。接著咚地傳來一封簡訊，寫著「你在核桃殼裡」。是個不怎麼高明的笑話。剛這麼想，意外發現手機下面壓著一張卡片，上面印有打開的核桃圖案。

周秀樹奔出去到街道上，想搞清楚是怎麼回事。

街道空無一人。

現在是白天，應該穿梭而過的上班族和學生沒有出現，一片死寂，這裡是個空城。

只是……，不像他想像的那麼空。

一陣槍聲在不遠處的大樓響起，劃破寂靜的街道。

他懂了。是戰爭狀態，所有人都躲起來了吧？大家不是在地下室，就是在戰時防空洞裡。

他往口袋一摸，才發現他順手把那手機帶了出來，還有那張核桃卡片。不知為何，他覺得不該隨便留在那裡，雖然他也說不出拿著有什麼用。

他躲進一家店鋪裡，打開手機的通訊錄，裡面居然有兩個號碼。

許長治和許俊治。

名字看起來像是兄弟，不過他不認識他們，一個也不認識。

這個手機倒是他的沒錯，要是能聯絡到什麼人都好，他對許長治的號碼按下通話鍵。

「我的天！你總算打來了！」對方一接起來，好像他們是熟絡的朋友，周秀樹不由得愣了一下。光是這通電話有人接就已經讓人夠驚訝了。

「等等，你認識我嗎？」他實在想不起認識一個叫作許長治的人。

「廢話！不然你怎麼會有我的號碼。周秀樹，你在哪裡？」

「我在……」話還沒說完，砰地又是一聲槍響，電話裡和現實中都是，槍聲的距離似乎就在附近。

「我好像在你附近。」他小聲地說。

「附近？你看得到那個百貨大樓嗎？藍色那棟。」

「可以。」那個百貨大樓就在這個街道的末端，事實上它的名字是廣場百貨，是很老牌的百貨大樓。自從發生過命案，已經沒有什麼人會去逛，裡面隔成很多賣雜貨的小店，卻一直都屹立不搖，持續經營下來。

「我們就在那裡會合。」又是一輪砰砰槍響，許長治匆匆掛了電話，可以想像他那邊戰況激烈。過去會合可能不是好主意，但是留在這裡也會有危險。重要的是如果多一個人他會覺得處境沒那麼糟，而且許長治可能是他的盟友。

他慢慢朝那個百貨大樓移動過去，其實不用走那麼慢，斷斷續續的槍響讓他很緊張，雖然這邊沒有危險，他還是忍不住疑神疑鬼。

短短五十公尺，他走了半個小時，躲躲藏藏，全身都是汗水。

話說回來，天氣始終陰陰的，天空看不見太陽。

許長治還沒到，從槍聲的遠近就可以知道他還有一段路。周秀樹在百貨對街找了一個便利商店，架上的飲料零食都是滿的，卻沒有店員。

果然大家都去避難了。

他拿了一些罐頭放進口袋，開了一包洋芋片和一罐啤酒，如果要去避難，他也必須儲備一點東西。

雖然不知道災難的規模和性質，罐頭食物是不出錯的選擇。
他等了好一會兒，一邊盤算接下來的計畫，既然大家都離開城市，代表這裡是不安全的地方。
砰地一聲，槍聲比剛才又接近了一些。周秀樹伏低身體，這裡面沒有可以作為武器的東西，他緊握住剛剛坐的椅子，必要時要把它丟出去。

一個人從街道的巷子逃出來，身上帶著一把槍。
他擅自認為這個人就是許長治，看起來年紀和他差不多，一臉凶惡，帶著衝鋒槍和驚人數量的子彈。追他的敵人穿著西裝皮鞋，奇怪的是那個敵人手上沒有武器，只拿著一支家用扳手，那些槍聲居然都是許長治射擊出來的。
他們在街道上對峙。許長治一邊咒罵，一邊把槍口對準那個人，看起來他還比較像窮凶極惡的歹徒。
那人表情有點冷淡，不像是個人類——正常人在槍口下好歹會緊張——而且他的眼神不太對勁，那是盯著獵物的眼神。
周秀樹有一肚子的疑問，他還不敢從便利商店出來。
他想讓自己保持冷靜，不管是許長治還是敵人看起來都不是善類，自己怎麼會捲入這種風波？
他只是一個在學術機構從事研究工作，每天埋首於研究資料，試圖寫完論文，發表研究成果的學者而已。
許長治這種人和他的生活是平行線，更別說成為朋友了。

但是他的手機裡的確留著這個人的號碼。雖然事情有點蹊蹺，周秀樹認為這就是他的手機沒錯。因為裡面除了這兩個人，其他通訊錄是空的。

他就是過著這種生活，沒有需要聯絡的朋友家人，他的生活所需只有研究而已。

除了那支扳手，他看不出敵人擁有什麼樣的武器，也不像恐怖分子，反倒是許長治的火力驚人，如果這裡的居民有需要去避難的話，也是因為許長治手上的彈藥。

話說回來，沒有聽到任何廣播，手機也沒有簡訊。周秀樹對於「居民避難」的推測有點動搖。

他決定賭一把，拿著手邊僅有的武器，也就是那張椅子，走出便利商店。

反正敵人也只帶著扳手。

「我是周秀樹。」便利商店的玻璃門一感應到他，立即向旁邊滑開，然後一句「謝謝光臨」冒了出來。街道上的兩方同時看向他這邊，他不得不把雙手舉高，表明自己的身分。

那個穿西裝的人盯著他，周秀樹向後退，企圖讓自己置身於事外，很快就發現徒勞無功，因為那個人的眼神不對。

他想吃掉他。

這個念頭忽然冒出來。

身為人類，早已不知道成為獵物的心情，忘記周遭有掠食者存在，身為食物的感覺。但是必要的時候，只要對方的飢餓感夠強烈，還是能察覺危險。

周秀樹寒毛豎起，繼續向後退，差點撞上背後的玻璃門。這時，玻璃門再度滑開，一句「歡迎光臨」冒了出來。

許長治忍不住覺得好笑，他當初就反對帶著這個書呆子，這個人完全還在狀況外。

「你先躲進去便利商店。那裡面有槍，多拿幾把，快點！」許長治急切地說。

周秀樹很疑惑，他剛剛出來之前剛掃過貨架，除了罐頭零食和飲料，並沒有許長治說的那種東西。

不過再猶豫下去只會被吃掉，周秀樹迅速地轉身，以最快速度衝進去，躲在收銀櫃檯後面。過程中不小心撞到咖啡機，熱咖啡嘩啦啦沖了下來，如果他來得及用杯子去接的話，可以得到一杯熱美式。

然後又是一聲「歡迎光臨」，許長治敏捷地滾了進來，手裡握著一把窄口徑手槍，他的衝鋒槍丟在外頭，可能是已經沒子彈了。

他拉起周秀樹，往便利商店裡面的廁所過去，打開女用廁所，眼前是一個空間。

只能說是一個空間，甚至不是房間。就像一個貨櫃，地上放了很多醃菜，架上裡居然真的有好幾把槍。

一進來他就熟練地拿起兩把長相不一的槍，一長一短，把子彈裝填進去。

周秀樹這輩子沒碰過槍，連怎麼裝子彈都不知道。

「這是怎麼回事？」他看著地上的醃菜，不懂醃菜和槍械怎麼會共存在同一個地方。

「這個地方……想活下去就要有想像力。夠多的醃菜，他們才聞不出你在這裡。」

「……那個人為什麼要追殺我們？」

「牠不是人，牠們是怪物。」許長治說：「別看那樣子，牠們一隻手就可以把你撕碎，而且你是牠的食物。」

周秀樹臉色鐵青，作嘔的感覺湧上來，原來剛才快要被吃掉的感覺不是錯覺。

「這把給你。」許長治把其中一把槍丟給他。

「我……我沒用過……。」

許長治翻了個白眼，一臉覺得他沒救了的表情。

「所以我不知道你為什麼要跟來。」

「跟、跟來？」周秀樹完全聽不懂，「這是怎麼回事？大家都去避難了吧？」

「現在沒時間說那麼多。」許長治說：「我們要想辦法越過這裡，到下面一層，入口在那棟百貨大樓。你只要記得一件事……」

他的表情很嚴肅，然後說：「把槍帶好，想辦法活下來，因為我不會救你。」

話剛說完，一聲巨響，廁所的門被用力撞開。

「該死！」許長治低聲咒罵，毫不猶豫扣下扳機，那個帶扳手的男人向後倒下去。

「走！」許長治大叫，一邊往百貨大樓的方向跑去，一邊又向那個人頭部補了幾發子彈。

周秀樹跟著跑了起來，快跑到百貨大樓時想起一件事。那個人雖然中彈倒地，地上卻沒有血，一點也沒有。

他逃到樓梯間，因為跑得太拚命而呼吸急促，好不容易喘了幾口氣。許長治把門撞開，狼狽地逃進來，熟練地為手槍裝上子彈。

「那個人沒有死。」周秀樹說。

「我知道，我們殺不死那種怪物，子彈只能讓他昏倒幾分鐘。」許長治說，看來他不是第一次遇到這種怪物。

周秀樹瞪大了眼睛，不知道該說什麼。

「欸，你不會才剛到吧？」許長治看了他一眼。

「這是怎麼回事？」

「時空遲滯，你沒說過會這麼嚴重，不過我想你也不知道。」許長治停頓了一下，說：「我們是殺手。業界管我們叫雙胞胎，你雇用了我們，還記得嗎？」他拿手槍指著面前的安全門說：「我們的任務在更深一層，也有可能是兩層。反正管他的，我們要完成任務才能離開這裡。」

「你搞錯了，我不是殺手。」

「我知道，你只是一個書呆子。我說的是我和我弟，他應該在下一層。」

許長治說著下一層，手卻指著大樓上面。周秀樹放棄爭執，他們一前一後爬到樓頂，周秀樹輸入密碼解鎖安全門，同時他覺得奇怪，為什麼他會知道這個安全門的密碼。另一方面這裡空空如也，怎麼也看不出有許長治所說的入口。

安全門在他們身後閉上，他們來到百貨大樓的樓頂。

「然後呢？」周秀樹問。

許長治搖了搖頭，「我們無法看見入口。上一次，三年多以前，有人帶我。」

周秀樹有點訝異，他居然在這種地方待了三年多。碰地一響，頂樓的門被撞開，是那個穿西裝的男人。

他果然沒死，就算許長治對他的頭至少開了三槍。

周秀樹忍不住向後退，背後忽然觸到一個硬物，許長治居然用槍抵著他。

「你做什麼？」

「我不能死在這裡，只好拜託你了。」許長治的臉上帶著猙獰的笑容。

周秀樹被迫站在前面，許長治押著他，讓他擋在他的前面。

周秀樹問他：「我們真的是朋友嗎？」

許長治狡猾地笑了一下。「不是，我騙了你。」

那個帶著扳手的男人一步步逼近過來，陣陣腐臭的味道從他嘴裡飄出來，周秀樹忍不住乾嘔，差點就要吐出來。

許長治用力推了周秀樹一下，然後一溜煙跑了，他逃命的速度實在很快。一眨眼逃回大樓裡面，把周秀樹一個人獨自留在頂樓。頂樓的安全門閉起來，自動上了鎖。

那個男人逼近過來，周秀樹只能一步步向後退，直退到頂樓那道單薄的矮牆前面。他必須作出選擇，要從十二樓高跳下去，還是被活活吃掉。

帶著扳手的男人攫住他的肩膀，光是這樣，他已覺得骨頭要被捏成碎片。那一刻，他忽然看見他手背的鱗甲在光影中隱約閃動，像是隔著一層薄霧。

牠不是人類。不知為何牠偽裝成這個帶著扳手的男人，看來牠的真實樣貌恐怕是披著鱗甲的某種東西。

周秀樹舉起拿槍的手，勉強朝怪物射了一槍。

子彈擦過牠的臉頰，沒有造成絲毫傷害。

怪物將他提起來，從十二樓樓頂狠狠拋了出去。

墜落的過程，他可以看見怪物一躍而下撲過來。他看見牠的爪子，背後還有類似翅膀的東西。

他一定是在作夢，周秀樹甩了甩頭，奮力想讓自己醒過來，至少在變成怪物的肉醬派之前。

一張網子網住了他。

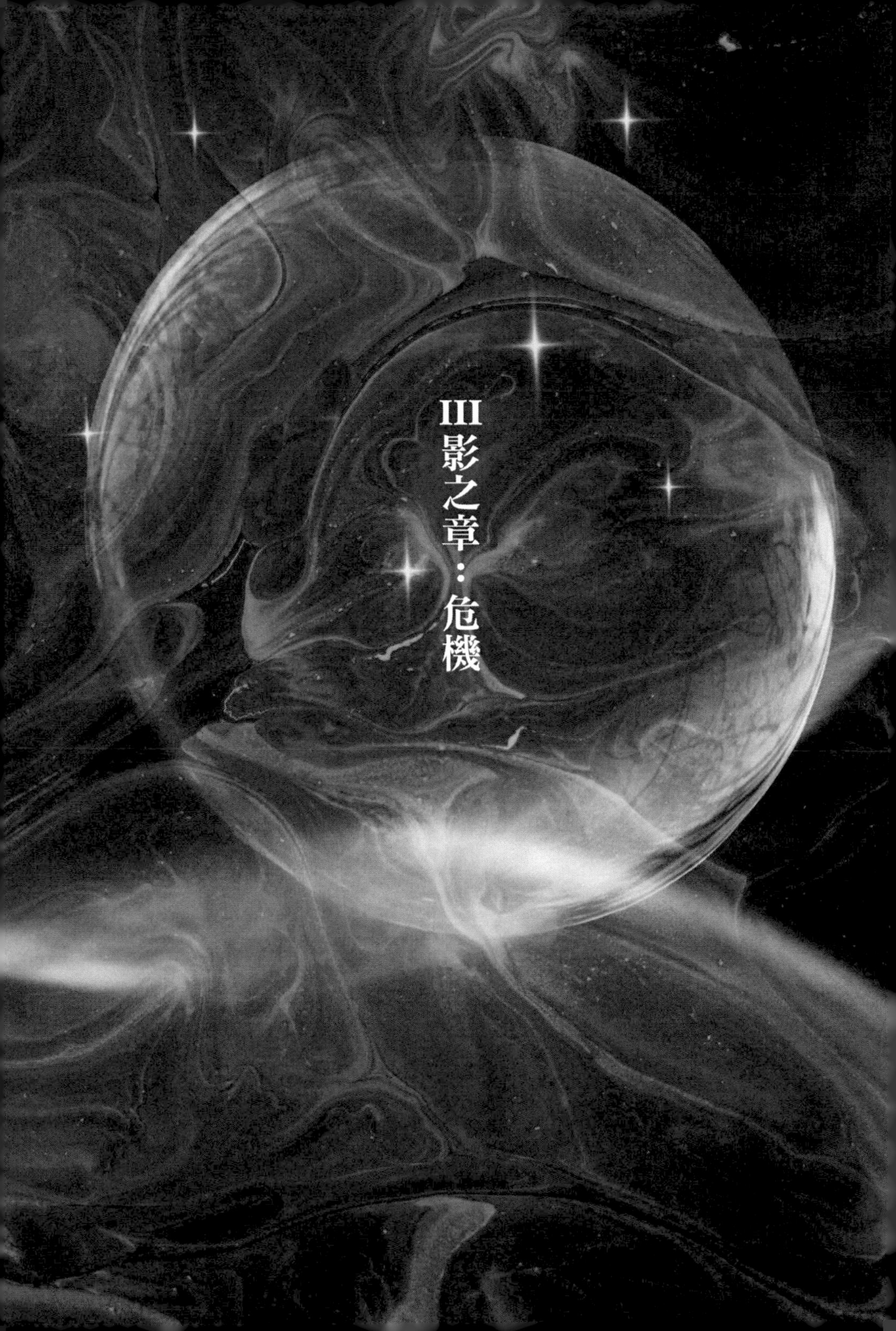

III 影之章：危機

回到與聖殿相接的光橋，我面前是一片空蕩蕩的無垠，月芽已不在這兒。
她的確可能用這種方式道別。
這樣不行，我必須告訴她會發生什麼事。一定是哪裡弄錯了，應該還有時間才對。不能去那個泡沫，不要去，就算要去也不要帶著那個沒用的蝕衣。
我在橋上狂奔起來，另一邊光橋有個獵夢者正要進入泡沫，我過去抓住他，可惜不是月芽。
「影？你在發什麼神經？」是凜，老是想跟月芽互別苗頭、一爭高下的無聊男子。「你受傷了？就跟你說食物也有難搞的吧！」
獵夢者的血和瞳孔的顏色相同，我的瞳孔是銀灰色的，肩膀上有一道很深的裂傷，銀灰色的鮮血滲溼了袍子。
「你知不知道月芽在哪裡？」現在時間緊迫，我沒空跟他聊不重要的事。
「她回母體了。」凜不在乎地說：「別緊張，她沒死，是被祭司召喚回去的。」
「召喚回母體？」回母體意味著死亡，月芽有什麼理由要被召回母體？
「我不知道，那些老傢伙什麼也不跟我說。」凜的語氣倒是充滿羨慕，他老是幻想著祭司給月芽的種種好處，時時刻刻嫉妒著。
一定事有蹊蹺，我問：「月芽有新的觀察對象了嗎？」
「當然，你一踏進泡沫就分配了。」凜笑著說：「影，你已經兩百多歲了吧？早就該斷奶了。」
獵夢者不是哺乳動物，沒有所謂斷奶的說法。凜只因為常常跟人類相處，就學會他們的用語。簡單來說，就是愛說人類冷笑話的傢伙。

現在不同尋常，我不跟他計較。

「月芽的觀察對象叫什麼名字？」

「是個愛哭的小鬼頭，好像……叫蝕衣吧，和月芽一點也不搭。」

這個愛哭的小鬼頭害死了月芽。一股怒氣湧上來，我的直覺告訴我，一定出事了。

「喂，你要去哪裡？」凜把我叫住。當然是因為他肚子還不餓，而整個獵夢族裡面只有我對他的冷笑話有反應的緣故。

「聖殿。」我丟了一句話給他。

從母體誕生以後，我選擇的形象是一個高大的人類男性，大概二十多歲。獵夢族的樣貌不會改變。只有極少數的時候會以非人類的模樣出現在泡沫裡面。機械人、怪獸、吸血鬼、甚至卡通人物，視造夢者的想像而定。經歷許多任務之後，我不喜歡變成非人類。因為那通常暗示造夢者還在幼兒期，總是會充滿許多怪奇毫無邏輯的設定。

活在夢境的生物有許多種，為數最多的就是獵夢者。

我們站在泡沫前，稍微吸一口氣，接著踏入夢境覓食。整個國度不時可見這樣的景象。我們會吃掉這個夢，有時候只吃一點點，所以造夢者醒來常常不太記得夢中經過。

剛從母體出來，因為本身的缺乏經驗和技巧不足，會有一位經過認可的觀察者陪同。月芽看起來是個高中女生，但是她其實已經有五百多歲了。

那天我從母體來到聖殿，看見觀察者是月芽，很慶幸決定成為男性。兩個都是女生太不像話，總有一個必須挺身而出保護另一個人。

第一次見面時，我不知天高地厚，還嘲笑過她瘦弱的身材。不知道誰是誰的觀察者啊！我這樣對她說。

月芽只是淺淺地笑，後來我當然為此付出了代價。

我們終究道別了，一句再見也沒說。我握緊了拳頭，還以為可以在長橋上見面，原來這一次分離代表的是永遠。

不，不會的。我們之間還沒完。月芽打算就這樣走掉，沒那麼好的事。

時空遲滯意味著我還有機會，我要把月芽救回來。

聖殿懸浮在無邊無際的黑暗，四周圍繞無數個泡沫，在這無垠的黑暗世界裡，它是唯一永恆的光。作為獵夢者於現世的統御中心，聖殿以莊重神聖的乳白岩石建築而成。正門由十二根大小相同的巨形石柱支撐，每一根柱子的直徑大約是一夢尺，兩根柱子之間的距離十夢尺，一夢尺大約等於三個人類尺長。

十二根石柱的頂端支撐著山形雕刻屋頂，正中央的雕刻是一個圓球，那是母體，母體周圍是三個祭司，祭司旁邊是十二個長老，然後是騎著飛龍的獵夢者戰士，戰士的腿下點綴著無數年幼的獵夢者。這座雕刻闡明了整個獵夢世界的階級，每個剛被母體釋出的獵夢者都會被帶來看這雕刻，學習階級的意義與服從的可貴。這冗長隊伍的下方裝飾著精刻細琢的山牆，像項鍊一樣鑲嵌於四面聖殿牆。

從聖殿正門延伸出一條長橋，大約三個夢尺寬，長橋約有一夢里，盡頭是一個橢圓形的灰白色光環，光環有如腰帶環繞聖殿，並且以聖殿為中心，緩慢地進行旋轉。

光環自轉一周稱為一夢日，以聖殿和橋為軸，整條環旋轉三百六十度的時間稱為一夢年。光環表面刻有度量刻度，獵夢者可以很輕易知道目前的時刻。從光環延伸出去的，是以光束構成的無數光橋，獵夢者經由這些小光橋到達夢的泡沫。

「月芽去了哪裡？」我一口氣衝進聖殿，用盡力氣大吼，祭司們終於抬起了眼皮。

聖殿的實際維持者是三大祭司，力量、勇氣與智慧三大祭司作為母體與獵夢國度的聯繫，負責聽取母體的指示，管理我們這一星團的獵夢族。

三大祭司的精神力量是所有獵夢者裡最強大的，相對於此，他們的肉體已經萎縮至無法被看見的程度。三大祭司分坐在殿堂的中央和左右兩面，他們坐在這個位置已經不知多少夢年。由於他們的精神力量強大到不需要肉體也能完成工作，自有獵夢族的歷史記載以來，他們從來沒有移動過。

大祭司們靜了一會兒，然後才由位於正中的力量大祭司說話。

「關於月芽，我不能透露太多。」

「什麼都不用告訴我。她去哪裡？我也要去。」我大聲說話不是出於激動，而是擔心這些年老的祭司聽力有問題，凜提過這件事。

三大祭司安靜下來，整個聖殿大廳毫無聲音。他們的思想光束交錯飄移，光團忽長忽短，不時發出絢爛華麗的七彩光芒，三祭司正利用思想光束的交換在激烈辯論。

這種思想光束的辯論只有身為祭司的他們才能感應。而我，身為當事人，卻對他們的談話內容一無所知。

「你們在談論什麼？」我說：「如果事情與我有關，我也要知道。」

智慧大祭司說：「唉唉！對不起，因為這樣比較快，我們忘記你只能接受聲音的刺激。」

「那怎麼辦，就讓他去？」力量大祭司徵詢其他兩位的意見，「他已經誤打誤撞接觸過了。」

「可是……，那個地方的亮度驚人……，他連徽章都沒有。」智慧大祭司言下之意，不認為那裡是我可以應付的地方。獵夢族得到徽章普遍的年齡大概是三百歲左右，那是一種能力上的認可。我只有兩百多歲，而且才剛第一次獨自出門。

更別提我沒吃到東西，餓著肚子，還受了一身傷。

「就把徽章給他吧！」勇氣大祭司爽快地說。

「就這麼做好了！」力量大祭司作了決定。

「咦？」我還在訝異他們的輕率，一枚徽章已經飄落在我的面前。

得到的是勇氣徽章，我不意外。意外的是我沒有經過傳說中冗長的評定過程，就因為祭司們的輕率創造了歷史。

以兩百一十七歲的年紀，第一次獨自出道後拿到了徽章。

而且是勇氣，凜說過，勇氣只是莽撞的好聽說法。

我伸手拿起那枚徽章，沒有傳說中的榮耀感，只有心中滿滿的不踏實。

「我還沒有完成進化，沒辦法像你們那樣，不過我相信總有一天……」

「你不行。」智慧大祭司說：「你沒有成為祭司的潛質，無法跨越門檻，我寧願你成為戰士。」

「喔。」我有點失望，接受了論斷，提早知道也好。智慧大祭司的論斷通常被視為恩典，其結果非常準確，從不出差錯，也沒有任何改變的餘地。

坐在聖殿正中的力量大祭司宣布：「現在，我們必須先將你送回母體。」祭司們身上的光團劇烈閃爍。

再回到母體可不是件開玩笑的事。

每位獵夢者都從母體誕生，在母體學習到必須的技巧，過程不保證安全，母體有許多駭人的機關陷阱，藉以磨練獵夢者的智能與體力。不好好對付的話，死亡立刻降臨，靈魂馬上回歸母體，只有合格的獵夢者，才能從母體到達聖殿光環。

終其一生，大多數的獵夢者只有臨到死亡的那一剎那才會回歸，化為母體的沙礫而沉寂。母體象徵誕生，同時也象徵死亡。

獵夢者大都畏懼母體，避免在言談中提及母體，甚至不願意想到母體。

我們的一生在母體的掌控之下，依循著無法看到的規則，沒有溝通，無法抵抗，由生到死都被安排得有條不紊。

三大祭司曾經是獵夢者，儘管那是在數千年前，儘管他們已經完成進化，他們仍然是獵夢者，對母體有根本的恐懼。從他們被母體挑選出來，建造聖殿，管理數量日多的獵夢者以後，就沒有獵夢者活著回到過母體，母體代表死亡。

除了這次。

「你要知道，已經有五位獵夢者回去過，沒有一個回來。」智慧大祭司溫柔地說。

「包括月芽？」

「她是最後一個，不算你的話。」

這意味著還有時間，我或許來得及救她。

「不過，那個蝕衣應該才剛離開母體吧，你們總不會也給她徽章……」

觀察對象通常是剛來到光環的獵夢者，觀察者不允許離開觀察對象，這是獵夢國度幾千萬年來約定俗成的規則。

「我們當然不會那麼輕率。」勇氣大祭司輕快地說。

原來這樣還不算輕率，搞了半天，有沒有徽章都可以去嘛！

力量大祭司說：「已經失去了那麼多人，母體指名要月芽。」

智慧大祭司的語調充滿感傷，「她的名字叫蝕衣，才剛來到聖殿，這是她的第一項任務，她什麼都不會，只因為月芽，她也進去了。我們犧牲了她。如果她能循序漸進有成為祭司的潛質，可惜她的觀察者是月芽。」

獵夢者在母體眼中跟砂礫沒有兩樣，說得這麼好聽，你們三個還是遵從母體的指示犧牲了那個蝕衣。

還帶上月芽。

這種話我不想繼續聽下去。

「我該怎麼做才能回去母體？」

「不，你什麼都不用做，讓我們來。」力量大祭司說完話，從三祭司中間射出一道光束，打在我的身上。我被光團包圍住，在一陣短暫的暈眩後失去了意識。

輕飄飄浮在空間某處，過了一段不算短的時間，我才重重跌落在地面。

炙熱的光刺痛我的肌膚，全身沾滿了沙子，嘴裡好像也吃進去不少，好不容易掙扎著爬起來，沙礫從我的身體層層剝落。

廣闊的沙漠，無盡的白晝，炙熱荒蕪寸草不生的景象。

我回到了母體。

很難想像孕育無數獵夢者生命的母體是如此荒涼，一望無盡的沙漠延伸到地平線的另一端，黃澄澄的沙刺得人眼皮發疼。母體上的沙，傳說是獵夢者的遺骸風化而成的，本身就會發光發熱，照亮天空，提供聖殿能量。

不過，母體好像有一點奇怪，雖然我的記憶已經很模糊。

一團巨大的陰影懸浮在母體上空，它的體積太巨大，距離母體又如此接近，已經對母體造成了壓迫。

「這是什麼啊？」仰望著那片圓形輪廓的陰影，我喃喃自語著。它和母體的距離幾乎只有幾百夢里，體積大約是母體的四分之一。

「你也看見了。」母體的聲音驀然從地底鑽出來。

「那是什麼？怎麼會這麼近？」

母體回答：「如你所見，這個泡沫變得太過巨大，巨大到足以妨礙我。如果放任不管，很快它就會阻斷我和聖殿的聯繫，我們這個星團將會毀滅，變成一個黑洞，將獵夢族六大星團都吞噬進來。泡沫將成為噬夢族的世界，所有造夢者都會在睡夢中死亡。」

這個泡沫對母體的威脅是顯而易見的，既然如此，把所有的獵夢者一起弄進去鬧個天翻地覆不就解決了。

「不能這樣做。」母體感應到我的疑問，以一貫沉穩的語調解釋。「你應該還記得，根據『不變之約』，不論這個泡沫有多大，一次只能有一位獵夢者進去。」

我當然知道「不變之約」，每個獵夢者都倒背如流，稱為五個條約與五個例外，是獵夢族與噬夢族於第一紀元在六大星團母體的見證下所制定的。

條約一：每一個泡沫只允許一位獵夢者獵食。

例　外：年幼的獵夢者允許有一位領有徽章的觀察者陪同獵食。

條約二：獵夢者不可向造夢者透漏獵夢族與噬夢族的存在。

例　外：當造夢者的願望即是了解獵夢族，獵夢者只有在這種情況可以說出來。

條約三：噬夢族吸食獵夢族後，不可以取走遺骸。

例　外：當這個獵夢者是違反條約而被噬夢族殺死時，遺骸可以被噬夢族帶走。

條約四：一位噬夢族在同一個泡沫裡只能殺死一位獵夢者。這個條約有效保障了年幼獵夢者的存活率，當觀察者為他犧牲後，年幼的獵夢者將不會被同一噬夢族追獵。

例　外：噬夢族快餓死時，可以破例多殺一個獵夢者作為糧食。

條約五：每一個泡沫可允許不只一位噬夢族進入，但是噬夢族不可進入善良美好的泡沫。

例　外：特別黯淡的泡沫，例如十等或是九等泡沫，由於破滅得很快，就算是不是惡夢也允許噬夢族進入。

噬夢族，每個獵夢者心中的痛。獵夢族對於噬夢族所知的實在不多，甚至不知如何防禦他們的攻擊。獵夢者歷史上的好戰分子實在太少，但是他們一定和噬夢族打過一場大戰，而且取得勝利，否則不會有五個條約和五個例外的不變之約。

關於對付噬夢族的方法，歷史沒有留下任何記載。不變之約的內容不只是寫下來的那些，有更重要的東西被抹去了。獵夢族找到了噬夢族的弱點，噬夢族打了敗仗，兩族訂下不變之約，同時也讓對付噬夢族的方法從獵夢族的歷史裡抹去。

「你必須再回到那個地方。」母體說。

「哪個地方？」

「可惜了，你領取的勳章一定是勇氣或力量，如果讓個有腦袋的去接觸那個泡沫，就不會這樣一頭霧水。」

「你到底想說什麼？」

「哈哈，我想一定是勇氣。」母體說：「很少人敢對我用這種語氣說話。」

「我送你回去第二層。」

「第二層？」

母體吹起一道沙旋，沙旋頂端指著上方那個過於巨大的泡沫。

「我要你進去裡面，以蝕衣的觀察者身分。」

「不要。」我拒絕了。「我不要做什麼觀察者，尤其又是那種拖累人的傢伙。」

那傢伙連月芽都能害死，我豈不是更凶多吉少？

「那可不行。根據不變之約，一個泡沫只能有一個獵夢者。蝕衣還沒有確認死亡，也就意味著沒有任何獵夢者可以進去，幸好她還太過年幼，可以擁有一個觀察者。所以現在，除非是蝕衣的觀察者，否則我無法再送人進去。可是這個泡沫太過巨大，它的亮度比一等更亮，超出我界定的範圍，以蝕衣的力量絕對無法應付。」

「她……她還沒死嗎？」既然如此，還有一線希望，說不定可以找到月芽，搶在她被害死以前。

「在你來母體的路上，這個泡沫甚至又更大了。你必須馬上過去，找到造夢者，不管用什麼方法，阻止這顆泡沫繼續擴大。如你所見，它已經非常接近母體。若它擴大到壓迫母體，將阻擋母體到聖殿的力量傳輸，我們會變成黑洞，後果是整個獵夢族的滅亡。」母體又強調了一次這是關乎獵夢族生死存亡的危機。

「所以你的計畫是，我要進入那個地方，找到造夢者，解決它一直變大的問題。而且身為一個觀察者，我還必須找到蝕衣，保護她直到泡沫消失。」

「泡沫消失，或是獵夢族的滅亡。」

「好，沒問題。」我一口答應。不管怎樣，必定要先去救月芽，後面的事再看她有什麼打算。至於獵夢族的滅亡，月芽都做不到的事，為什麼我要做到？

我不是砂礫，沒理由任你們擺布！

地面突然開始移動。母體製造出一個充滿沙礫的漩渦，盡頭是不知名的光亮。我踏入那個漩渦，一瞬間消失在母體表面。

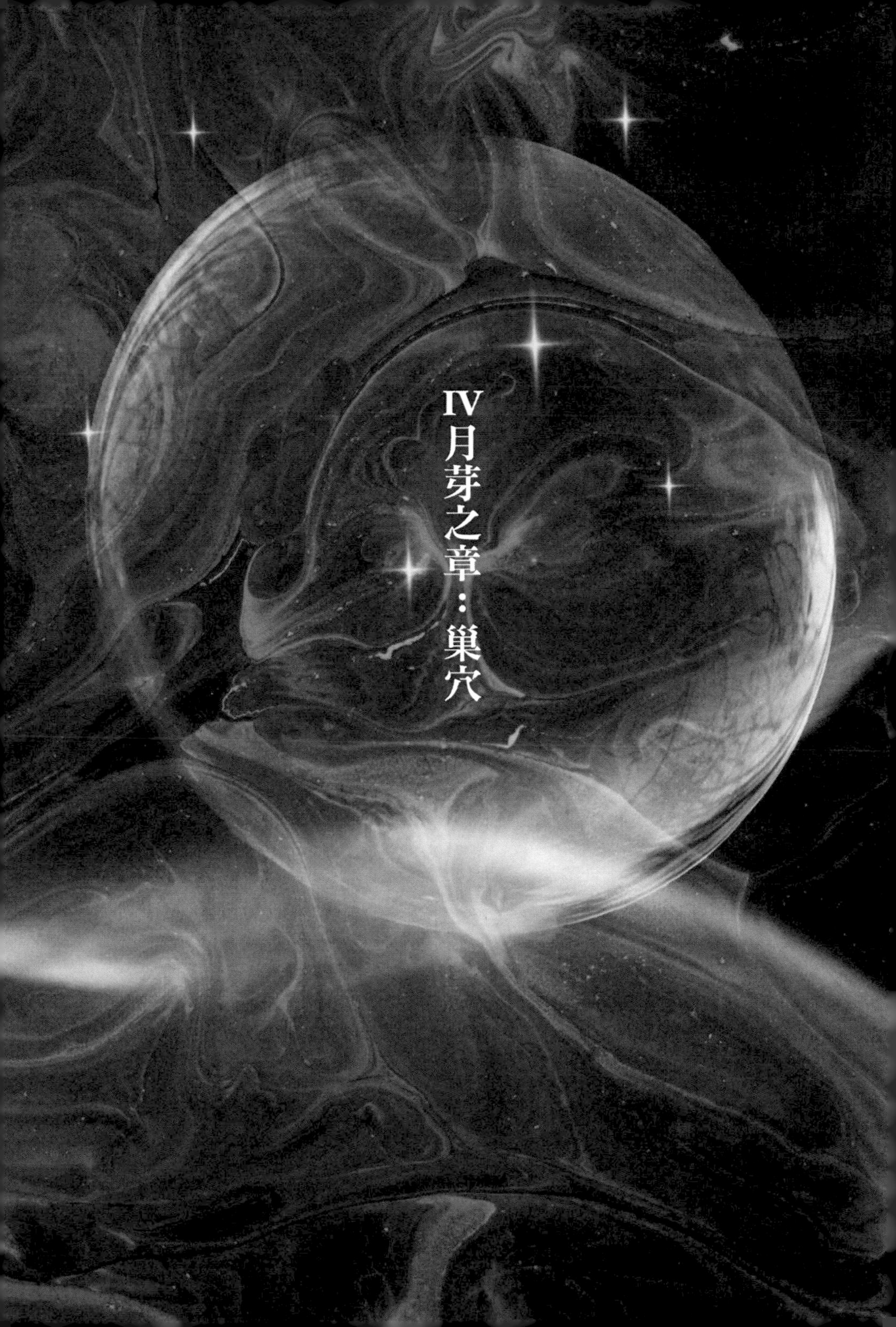
IV
月芽之章：巢穴

泡沫座標（1482.5, 2837, 165），亮度六，鵝黃色。
第一層，三年以前。
這裡的街道空無一人。
許長治不記得自己來過這個地方，不過的確有某種熟悉感。
大概是某個街頭吧？哪裡不都長得一樣，總之不是他腦袋裡的記憶。
他們是一起過來的，共有三個，只有他成功抵達了嗎？果然變成這樣了。所以當初他就不贊成多帶人，明明就是他們兩個可以獨自完成的任務。
找到目標，殺了那個人。對他們來說再容易不過。因為，他們是殺手。
話說回來，俊治也沒成功到達這裡，讓他有點意外。他們兩個是搭檔，少了他的確有點不便，不過不至於妨礙到任務。

這麼說來，只剩他有機會了。
到這種地方殺人，當然是為了錢，一輩子花不完的錢。
噹啷！一個壓扁的鐵罐掉落到街上，他不由自主繃緊了神經，一動也不動，這是他成為殺手以來的習慣。看清楚所在的環境以前絕不輕舉妄動，這幾乎已是他的本能。
他立即就發現不對勁的地方。這條街道不是他想像的那麼寂靜，這裡有人，而且正盯著他的一舉一動。
他用最快速度上膛、舉槍，向鐵罐掉下來的地方射了一發子彈。

他聽見一聲慘叫，不禁臉色發白，以為自己聽錯了。不，必定是聽錯了，因為那是俊治的聲音。一個高大的男人從陰暗的地方出來，他沒有三頭六臂，只是表情冷酷，蒼白到沒有血色，手裡帶著一支扳手。

「扳手……。」許長治呻吟了一下，原來他也來了。扳手挾持著一個和他長得一模一樣的人，那是俊治，許俊治。所以業界稱他們為雙胞胎，其實他們不是真正的雙胞胎，只是長得很像而已。許俊治的大腿有個彈孔正汩汩冒出鮮血，他痛苦得不斷呼號，許長治感到抱歉，他射的那一槍看來就打在許俊治腿上。

他再度把槍上膛瞄準扳手，扣下扳機，扳手應聲而倒。許長治反而有點意外，本來以為不會這麼容易。

他走向許俊治。

「快走……」許俊治勉強說出一句話。

「喂，你還能動嗎？我們找個醫院，這裡總有醫院吧？」許長治想扶他，許俊治卻不配合。

「快走……，你殺不了這些怪物……。」許俊治呻吟著說，他有點失血過多，全身都是溼淋淋的冷汗。

「你在說什麼？」許長治不管他，一股腦兒把他抱著拉起來，許俊治痛到慘叫了一聲。走了幾步路，許俊治昏昏沉沉說了句話。「你怎麼現在才來……？」

「我才剛到……」許長治這麼說，直覺有不對勁的地方。眼前這個和他生得一模一樣的男人是他的弟弟，看起來卻比他老了很多，甚至有幾撮白頭髮。

「你……在這裡多久了？」
「十五、六年……還是更久，我忘了。」
「你完成任務了嗎？」
許俊治無力地搖頭。「我到的年份連網路都沒有。」
「你在這裡都做了什麼？」
「逃命……，不然還能做什麼。」
「逃……」許長治這句話沒能說完，一把刀刺中了他，他跌在地上滾了幾圈，拿刀的竟然是那個被他一槍命中頭顱的扳手。
他所做的最後一件事就是跑，發瘋似地逃跑，他不知道跑了多遠，掉進一個地方，一個很深很黑的地方。
讓人作嘔的臭味襲來，身邊有老鼠奔竄而過。許長治頭痛欲裂，在惡臭的下水道醒過來，他沒有死。
他拖著身體在黑暗中跛行。他的腳扭了，不過怎樣也沒有俊治的傷重，那發該死的子彈怎麼會射中他。
扳手中了槍為什麼沒死？
你殺不了這些怪物……。他想起俊治的話。
他得去救他。

在下水道走了很長一段路，許長治好不容易找到一個人孔蓋，奮力爬了出來。

一探出頭來，他愣住了。

是人，整個街道都是人。

人行道充斥著走來走去的行人，機車在路上攢動，還有車潮在紅綠燈下壅塞。

還有個人若無其事撞了他一下。

這是怎麼回事？

好像哪裡不對勁。

是嗅覺，這裡的人每個都鼻子失靈，他們似乎聞不到他身上那股刺鼻的下水道臭味，一點都沒有閃躲他的意思。

他徘徊了一段路，不確定要去哪裡，他想起許俊治說的話。

他在這裡過了十五、六年，也就是說，這裡是可以生活的。他想找點東西來吃，走進一家路邊的便利商店，買了飯糰和一罐啤酒。

付錢的時候才想起沒帶錢來，往口袋一掏，卻摸到一疊鈔票。他給了一張百元鈔，店員從收銀機找錢給他，這時扳手從外面走進來。

許長治嚇了一跳，扳手也盯著他看。眼神精光炯炯，貪婪地盯著他，像是盯著食物。許長治毫不猶豫地用力朝他一撞，然後向街道外狂奔出去。

他逃到一個昏暗的巷子。想著他剛才一瞥而過見到的東西，一隻滿是鱗片的獸爪劃過他的胳膊，在那個男人的頸部有一組號碼，像是編碼一樣的刺青。

R235。

巷子裡又一個男人從天而降，咻地出現在他面前，居然也是扳手。

許長治看向他的脖子，果然有一道刺青，但是他看不見上面寫的號碼，甚至連刺青的樣式是不是號碼也不肯定。

這是個昏暗的巷子。

許長治一步步向後退，一串沉重的腳步聲從後方傳來，另一個扳手出現在後面堵住他的退路。他終於明白一件事。這些扳手都是怪物，他被困在這裡，沒有出去的路。

牠們兩個疾撲過來，許長治這次看得很清楚。牠們手上長著鱗片，最前端是鋒利的獸爪。他即將被獵殺，卻一點辦法也沒有。

赫然間咻地一聲，一個女人降落在他面前。

嚴格來說還不足以被稱為女人，是個高中年紀的女生，短髮飛揚，穿著短裙和運動鞋降落在許長治面前。

許長治雖然是個殺手，從事這一行不意味著可以眼睜睜看人送死。工作是工作，而救一個無辜的高中女生則是人性。

他撲上去，想要擋在高中女生前面。不料那個女生飛快俐落地拔刀出來，一刀削下前後兩個扳手的鼻子，然後射出一條鋼索，拉起許長治就向前飛掠了出去。

他們在高樓間飛竄，躲避從背後襲來的銳利爪子，光影般的霧氣逐漸從那些怪物般的人類身上褪去，許長治終於看清牠們的樣貌。展翅飛在半空，像是某種吸血蝙蝠般的生物，不斷襲擊他們，想把他們從中撕開。

起初許長治以為這個高中女生是同行，雖然以她的年紀從事殺手這一行有點勉強，但僅僅只是勉強，而不是絕對不行。這麼矯健的身手不當殺手實在可惜。

三個跳躍之後他改變了想法。

她的視力異常敏銳，反應比常人都快，隨便一蹬就是十公尺左右的距離。

她是非人類。

那兩個在飛的扳手也是非人類。

許長治被送進來執行任務，沒想到這裡有生物存在。不，是不是生物也不一定，有可能是某種人工智慧，或者是……非人工的智慧。話說回來，生物的定義是什麼他早就忘記了。也可能是根本沒學過，這一類的事要問那個周秀樹才知道，畢竟他是精神醫學博士。

「你怎麼到這裡的？」

剛逃過槍林彈雨，來到一個無人之地，那個高中女生就不客氣地發問。許長治赫然發現四周是沙漠，反問她。「你又是怎麼來的？」

「我作了一個跳躍，那裡剛好有個入口。你呢？」

「我是被送過來的。」

「送過來？」高中女生表情有點疑惑。

「我是個殺手，來這裡殺一個人。有人聘僱我做這件事，他們把我送過來……」許長治試圖解釋，這才發現他其實一無所知，不管是這個地方，還是關於如何把他送過來這件事。「聽著，我不是那個能好好解釋這件事的人選。我是個殺手，我只會殺人。」

高中女生一點也不驚訝，想了一下問他。「你說你到這裡殺人，你要殺的人是誰？」

「路詠樂。」許長治說出這個名字。

高中女生一臉恍然大悟的樣子，對他說：「我也要找這個人，我是月芽。」

冷風吹起月芽的髮梢，她的眼睛是墨藍色的，像是夜裡的一朵寒焰。

「我們一起了結這件事。」她說。

「不行，我要先去救俊治，他落在那些怪物手裡。」

月芽這次眨了眨眼，感到非常為難，顯然她對於那些怪物也是敬而遠之，能不碰面就不碰面。

「我要確定俊治先脫離險境。」許長治重申了立場。

「好，我先查出他在什麼地方。」月芽作了讓步。「那些是非常可怕的怪物。你要依照我的指示，我們才可能把人救出來。」

當初，俊治一直反對他們接下這個任務。

許長治不想再過那樣的日子，太想幹一票退休，才一直努力說服他。最後他占了上風，他們來到這裡。

「月芽，我弟落到那些怪物手上會怎麼樣？」

月芽想了一下，關於五個條約與五個例外，獵夢者不可以跟造夢者提及有關獵夢世界的一切，除非造夢者的要求即是想了解獵夢族。

許長治的這個問題，應該可以算是例外吧？

「應該會被吃掉。」月芽一臉平常地說。許長治忍不住作嘔起來。他們是殺手，雖然殺過不少人，把人吃掉又是另一回事。

光是想到牠們的獸爪，彷彿見到那些怪物把人類生吞活剝的樣子。

「其實我很擔心。」月芽說：「為什麼牠們還沒吃掉他？」

許長治停下腳步，月芽的這個疑問乍聽之下讓人憤怒，稍微想一下就能明白。如果把人類囫圇吞下是牠們的天性，為什麼這次沒這樣做？

「聽起來像是要帶去什麼地方，該不會是……」月芽看著天空，許長治根本沒看見什麼東西。

「糟糕！祭典的日期可能到了！」月芽大叫。

「祭典？」那種怪物？許長治有不祥的感覺。

「祭典是我們的說法。那種怪物有兩種，簡單來說，就是一種會飛的和另一種不會飛的，翼族和獸族。牠們彼此互相仇恨厭惡，每隔一段時間會進行為期十幾天的死鬥，過程非常可怕血腥，你弟可能被當成死鬥的獎品了。」

對，聽起來非常有可能。雖然他不知道俊治的肉有鮮美到足以當成獎品的程度，這種恭維一點也不值得高興。

「你有什麼計畫？」許長治只有滿滿的無力感。

「我們先到廟裡去！」月芽輕快地說。

許長治嚇了一跳，沒想到這個非人類這麼迷信。想起來算命占卜之類的都是女生喜歡的事物，也許眼前這個高中女生沒有那麼「非人類」。

他們花了整整一天穿越沙漠，這是以許長治的腳程而言。過了一個小時，他開始口渴，四周卻看不到水源。月芽雖然是高中女生的樣子，卻好像不需要水。

又走了一段路，在烈日曝晒下，他終於忍不住了。

「我要喝水，你知道哪裡有水？」

「哪裡？」月芽一愣，沒考慮過這個問題。「你想喝水就喝呀！」

許長治環顧四周。「我沒看到水，有水的話你拿出來。」語氣暴躁起來。要不是知道月芽不是普通的高中女生，他已經動手搶了。

或是殺死她，喝她的血。

他畢竟是殺手，過慣刀口舐血的日子。

月芽笑了。「不是這樣的。你閉上眼睛，把腦袋放空，然後想像你要喝的水。」

許長治雖然快渴死，也沒有別的辦法，只能照她說的做。他的想像力很拙劣，勉強想到一個水龍頭，一直有水流出來。

「不要太用力喔，太用力想是不行的。」月芽的話完全是多餘的，許長治被晒到又昏又渴，一下子就迷迷糊糊的，根本用力不起來。

嘩啦啦，某個瞬間有水聲出現，許長治張開眼睛，一個水龍頭憑空冒出水，灑落在沙石地上。

他趕快低頭用嘴去接水，喝了滿滿一肚子水，他總算從虛脫狀態恢復過來。

「這是怎麼回事？什麼我都可以變出來嗎？」

「需要一點技巧，不過原則上是這樣沒錯。」關鍵在於亮度，許長治眼瞳的亮度說明他是一個造夢者，雖然月芽本來不相信，因為這個地方，根據她的調查，造夢者另有其人。

不過他真的變出一個裝滿水的水龍頭。造夢者在泡沫裡面想要什麼都可以成真，他大口喝水的同時，證明了他的身分是造夢者，不是別的東西。

這是怎麼一回事？月芽皺著眉。

在多年前的一個夢裡，她見過這個人。當時也是兩個造夢者，不過她以為那是因為他們是雙胞胎的緣故。泡沫的造夢者從來只有一個，她只遇過這麼一次例外。

「我從下面兩層找上來的，知道我為何而來嗎？我在找一個人。」月芽忽然說起自己的事。

「路詠樂嗎？」

「對，她消失了。」

許長治忽然笑不出來，路詠樂消失，豈不意味著他不可能完成任務？

他大老遠來到這麼奇怪的地方，賭上自己的性命，為的就是殺死路詠樂。然後他就會有一輩子花不完的錢，由路詠樂支付。

既然要什麼就能變出什麼，許長治的日子開始舒服起來。夜裡睡覺的時候，他花了一點時間想變出帳篷，卻遲遲無法成功，月芽勸他先變一盆小火堆就好。

根本原因就是他從來沒有露營過，要是槍呀、子彈之類就容易得多。

剛剛這麼想，眼前就轟地出現一個貨櫃，裡面是堆到滿出來的槍械。許長治一聲歡呼，過去挑了幾把槍，再把彈藥裝好，順便帶了兩個手榴彈。

月芽只是靜靜看著，許長治想送她一把槍，月芽指了指腰上的長刀。

許長治不在乎，反正那種怪物再出現，一槍轟死就對了。

隔天他們來到一間廟，叢林裡的佛塔。

「你回來了。」廟裡面的僧侶認識月芽。

「她還好嗎？」月芽問，僧侶朝一個地方招手，然後一個長相和月芽差不多的小女生哭著跑過來。

「她是蝕衣。」月芽對許長治說：「她嚇壞了，我只好把她寄放在這裡。」

「月芽姊姊！嗚嗚嗚……」還沒說一句話，蝕衣就哭出來。「我好怕你不回來。」

「就算我不回來，瀧會照顧你的。」

「我不要，我要跟你在一起。」

「你要去的地方，我還沒調查出結果。」瀧淡淡地說：「等我再多蒐集點資料吧。」

「時間不多了，你知道我不能不去。」

「嗯。」

月芽的眼神忽然凝重起來。「瀧，萬一我在這裡作錯決定怎麼辦？」

「我們無法確保歷史的足跡不被改變。月芽，我們不會知道哪條道路通往正確的未來。」

「那我應該怎麼做？」

「這個問題你必須自己回答。」

「我去一下神龕。」月芽說。瀧點點頭，月芽神情肅穆地走進佛塔，佛塔裡面一個個小神龕儲存著獵夢者的記憶，從古至今的歷史在光和影的塵埃裡沉睡。

月芽找到保存她記憶的小神龕，放入一縷煙，然後收起來。

「我還有一個問題。」月芽離開之前，找到瀧。「那個泡沫裡可能有噬夢族的巢穴，我要怎麼找到它？」

「也許我不該告訴你。」

「但是我來問你了，而你剛好也知道答案。不就意味著你應該告訴我？」

「你帶著一個造夢者，還有什麼辦不到的？」

這一瞬間，月芽明白過來，原來方法這麼簡單。

「月芽，」月芽離開的時候，瀧忽然開口。「那個叫影的年輕人會來。」而且，他會很難過，瀧忍住沒說出口。

影……，和他一起度過的兩百多年的確很快樂，月芽帶著微笑。

「那一定是很久以後的事，他還沒拿到徽章。」

只有拿到徽章的獵夢者才能來到這個地方，徽章是開啟這裡的鑰匙。影……，最快也要一百多個夢年，才能見到她留下的東西。

「我會好好地等待。」瀧向月芽合十，身為獵夢族歷史的守護者，力量、勇氣和智慧達到平衡的長老，不管預知的未來是什麼樣子，都只能當個旁觀者。

等待，什麼也不做，什麼也不阻止。歷史才能在光和影裡留下該有的足跡。

一離開佛塔，月芽他們花了一天再度回到入口，月芽帶著許長治和蝕衣作了一個跳躍回到原來的泡沫，許長治馬上開始練習找到噬夢族的巢穴。身為一個殺手，他的想像力十分有限，因此並不順利。

「你想像成一座石頭堆成的堡壘……」月芽盡量提供資料給他，來源當然是道聽塗說。

「你剛剛才說是金屬做的？」

「是嗎？因為那種地方我們也沒人去過嘛！」所以眾說紛紜。仔細想起來，是凜告訴她的。

「算了啦！我們不要去那麼可怕的地方啦！」蝕衣哭喪著臉說，雖然她想跟月芽在一起。她才剛脫離母體，還沒成功覓食過，竟然就要去噬夢族的巢穴？

「你給我閉嘴！」許長治大吼。

「你不要那麼凶，放鬆一點，太用力就會失敗！」月芽出面保護蝕衣，她明白蝕衣的心情，這次真的太過分，沒有一個獵夢者能夠負擔這種狀況，蝕衣願意跟著他們，已經非常勇敢。

「不然你說要怎麼辦？」許長治凶起來也是沒在怕。

月芽想了一下，問他：「你那次變出一整個貨櫃的武器是怎麼辦到的？」

「就想著我要槍，就咻地變出來了啊！」

「好，他們真正的名字叫噬夢族。」月芽感到她破壞了「不變之約」，不過她豁出去了。「你想著要去噬夢族的巢穴看看……」

話還沒說完，轟地一聲巨響，他們周遭的景色大變。遠方是一座半金屬半岩石的堡壘，至少有幾百個噬夢者在堡壘下面，一個噴火的巨龍在天上飛翔，朝他們直撲過來。

「喂！不要想別的多餘的東西！」這條巨龍和噬夢族無關，是許長治造出來的。許長治一臉無可奈何，他能想到的怪物差不多就長這樣。

月芽拔刀跳到半空，這把刀名為「流星」，是獵夢族裡少數有名字的刀。巨龍張開大口正要噴火，月芽看起來就要被烤焦，忽然一眨眼她翻到龍脊背上，一刀劃開巨龍的翅膀，巨龍一邊噴火，一邊向下墜落。

月芽若無其事跳下來，飄然降落在地。

噬夢族從四面八方湧來，許長治拿出衝鋒槍瘋狂掃射，中彈倒地的噬夢者不計其數。他所不知道的是牠們沒死，只是暫時昏迷過去而已。

月芽一口氣削掉五、六個噬夢者的鼻子，失去鼻子的噬夢者不只失去嗅覺，也失去大部分戰鬥能力。

「流星」很快沾滿了噬夢族的綠色血液。蝕衣則是一邊發抖一邊哭，這種場面別說戰鬥，她連刀都握不住。

畢竟是巢穴，就算對付了幾十個噬夢族，後面還有幾百個。剛剛被許長治衝鋒槍擊倒的全部都再站起來，而且變得狂暴不已。

「我們退到那裡去。」他們距離堡壘已經不遠，月芽指著一道門說。

「你帶小妹，我們走！」許長治說完，拉開手榴彈丟了出去。月芽在前開路，在引爆手榴彈的巨響中，三個人衝進那道門。

月芽喘著氣，只希望人類這種武器能爆破噬夢者的鱗甲，對牠們造成傷害。一個人要對付這麼多噬夢族實在太吃力，如果是影和她一起，他們會有機會嗎？

不管如何，如果讓這個巢穴留在泡沫裡，不管多少獵夢者來都沒用。噬夢族越來越多，泡沫只會無限擴張，獵夢族注定滅亡。

她沒有不戰鬥的選項，她要毀去這個巢穴，這是第一步，也許是她僅能做到的一步。

「許長治，你還知道什麼厲害的武器？」

「你要做什麼？」

「至少要能毀掉這裡。」

許長治笑了一下，這類的要求對他很容易，比找什麼噬夢者巢穴簡單多了。幾乎是一眨眼，幾噸的炸藥就出現在面前。

「我們兵分兩路，我去救你弟，你去放這些東西。」

「小妹跟著你我就沒意見。」許長治聳肩，於是就這麼決定了。

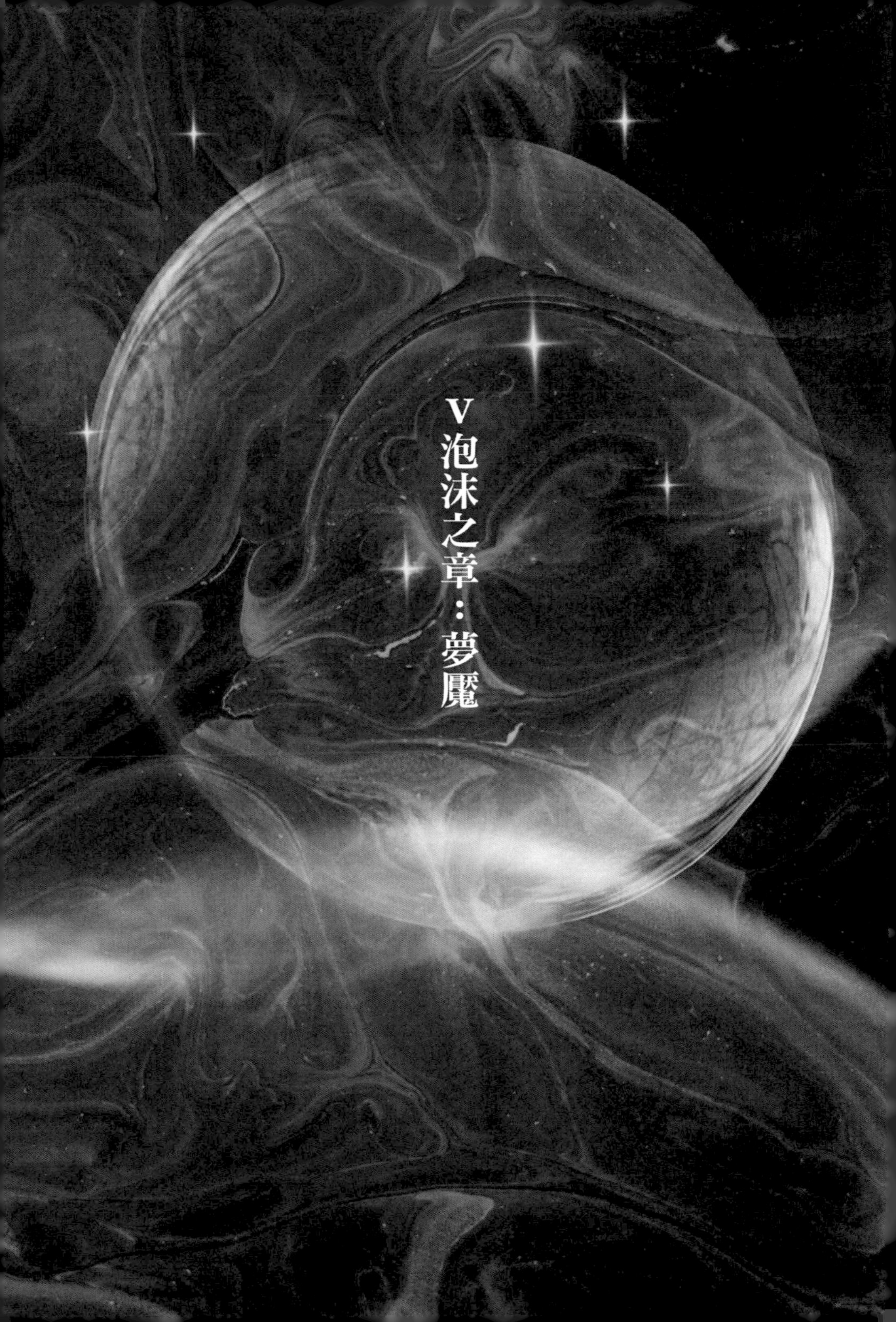
V 泡沫之章：夢魘

泡沫座標（130, 261.3, 1135），亮度七，草綠色。

第二層，現在。

「你是之前還是之後？」

周秀樹頭痛欲裂，躺在地上睜不開眼睛，就聽見一個人對他說話。

他無意義地揮著手，除了呻吟說不出其他的話。

「我問你是之前還是之後？」

周秀樹總算勉強把眼睛打開，面前是一個二十來歲的男人，五官分明，眉毛很濃厚，帶著一臉冷峻的表情。

「什……什麼之前之後？」周秀樹茫然地說。

「你是要去上一層之前，還是從上一層下來的？」

「……上一層？」周秀樹這才想起來，他根本不知道這是什麼地方。他猛然坐起來，環顧四周，發現他坐在一塊裸露的岩石上，身處在蓊鬱的原始樹林之間。

他怎麼來的，他已經沒有印象。

「你……你是誰？」

「影，反正你會忘記。」

「我怎麼會在這裡？」周秀樹問。

「這裡是第二層，比起上一層，這裡出奇地小。」

周秀樹狐疑地看著他坐著的那塊岩石，的確地方不大。

「我指的這裡不是這塊石頭……，算了。」

周秀樹思考要如何從這塊石頭下去，從而離開這個地方，很遺憾的是這塊懸崖一樣的石頭下面連一點落腳處都沒有。

「想下去？好啊，我就好人做到底，反正你會忘記。」影說完，周秀樹忽然被一個力量攫住，感覺像是一張網子，他被帶著往下直掉下去。

大概掉了一百公尺吧。他看見了遠方的巨大瀑布和淙淙的溪水。

網子的色調是灰暗的，周秀樹赫然發現這感覺似曾相識，他曾經在哪個大樓墜落下來，也被這張網子接住。

影……，他一定不是平常人。

「你老是說我會忘記是什麼意思？」好不容易著地，周秀樹脫口問出這句話。

影那副胸有成竹的樣子，憑什麼他一定會忘記。

「因為……你們就是會忘記。」影毫不在意地說，張望著瀑布那個方向。

周秀樹還在皺著眉想他說的這句話，影已逕自往一個方向走去。

「等等，你要走去哪裡？」周秀樹想拉住他，卻沒辦法讓他停下來，這個影力氣異於常人。

「那裡有人。」影朝一個方向指了一指。周秀樹又走了幾百尺，才聽見幾個人的聲音。

另一邊山谷，在河川的上游立著鮮豔的帳篷，帳篷旁邊有四個人。

一個接近四十歲的男人，身材保持得很好，臉上戴著深色膠框眼鏡，穿著名牌運動衫。另一位是十分美麗的女性，看起來很年輕，可能只有二十多歲。她在炊事帳裡忙著切菜、烤肉。

然後是一個少女。

那少女穿著一襲淺藍色的連身洋裝，裙襬只到膝蓋上方，腰間繫著優雅的寬腰帶。這身打扮處在原始的山谷顯得十分突兀，應該不便於做戶外活動。然而她的五官分明，眼神很亮，一頭黑髮飄逸動人。

像她這樣的少女並不多見，散發一股令人不安的妖異，有什麼地方使她和其他人不一樣。她比較亮，但是她不是造夢者，是另一種東西。

在她身邊有一個男孩，大概是幼稚園生的年紀，可能是女孩的弟弟。蹲坐在河岸淺灘，臉頰、雙手沾滿黑色的沙，正在使用河岸的石頭砂礫堆砌一些莫以名狀的結構體。

影冷冷盯著那少女，不祥的預感侵襲而來。

太陽露出臉來，柔和的陽光穿過綠葉，光和影灑在河面上，水流依然很急。那少女拿鉛筆畫著素描本。臉孔白白淨淨，睫毛很長。表情看起來有點彆扭，似乎覺得無趣。

女孩子嘟著嘴巴，無聊地坐在旁邊的小凳子。她忽然過去弟弟旁邊，指向前方，故作爽朗地說話。

弟弟一臉好奇過去她指的地方，蹲下去不知看什麼東西。

周秀樹看著那一對正在調情的男女，很意外他認得他們。

明星唐如，演過一部得獎電影，幾年前在街上被人槍殺，那個新聞轟動了好幾天。很多人揣測她的死和現任議員路景川有關，看這樣子，他們果然有婚外情。

不過，她不是死了嗎？怎麼會出現在這裡？

路景川和唐如打得火熱，影卻一點也不在意他們。

「你在看什麼？」周秀樹才問完，影狐疑地看著他，表情如同看見怪物一般。

「有什麼不對嗎？」周秀樹問。

「他們是魅。」

「魅？」周秀樹不懂。

不能再說下去了，不小心會讓這地方變成惡夢。

泡沫裡面的人物都是造夢者潛意識的投射，不是不相關的存在，所以並不是說對方不是造夢者就可以隨便亂說話。簡單說來，每個人物都代表造夢者某一種認知意識，如果貿然使它改變，也會影響到造夢者的心靈，甚至使整個夢境變成惡夢。

惡夢，那是獵夢者最害怕的。

惡夢會吸引他們的天敵，也就是噬夢者降臨。就算是獵夢國度的文明已經達到空前繁榮，卻還是沒有人找到殺死噬夢族的方法，歷史文獻也完全沒有記載。

遇到噬夢族，他們能做的反抗微乎其微。

影決定岔開話題。「你們是怎麼出現的？你的眼睛和許長治一樣亮。」

「許長治是誰？」周秀樹問。

影不回答，這個人果然什麼都不知道。

泡沫裡的一切基準就是亮度，只有造夢者的亮度才與造夢者相同，可是一個夢境只會有一個造夢者，周秀樹的亮度卻和許長治是一樣的。也就是說，他們兩個都是造夢者。

這裡果然有古怪，不過怪事還不只這一樁。

影喃喃自語：「接下來才是重頭戲。」

重頭戲？周秀樹目光移向親熱的路景川和唐如，臉頰發燙起來。

影給了他一個冷白眼，不知人類為何沉迷於肌膚接觸帶來的快感。他幾乎是拖著周秀樹，飛快將他帶到帳篷的另一邊，五十尺外的瀑布上游。

人類的夢真的挺有趣的。

小孩子不喜歡大人的親熱互動，卻常常把這種記憶帶入夢裡。

一些喜歡的、不喜歡的事物，只要儲存在潛意識裡，就有可能出現在夢境中，然後在夢裡重溫一次痛苦。

噗通一聲，小男孩掉入水裡。那個少女將男孩推下瀑布，然後露出狡詐的笑容。

周秀樹啊地叫了出來，想跳下去救那個男孩。影只用單手就拉住他，周秀樹再怎麼掙扎也沒用。

「你知道為了救魅死掉的話，你真的會死掉吧？」

「什、什麼意思？」就這幾秒鐘，那個男孩已被洶湧的河水吞沒，就算跳下去也為時已晚，周秀樹很憤怒。

「如果你在這裡死掉。就算有時空遲滯，可能發生在幾年以後，不過結局不會改變。」影說。

「什麼時空遲滯？怎麼可以見死不救，那只是一個小孩子……」說完，周秀樹臉色馬上發白，他聽過這個詞「時空遲滯」。

「你救不了他。」影說。這條河可不是普通的河，是意識構成的長河，絕對不是會游泳就能活著上岸。

「我見過你，我想起來了。」周秀樹忽然盯著他說：「你的眼睛是銀灰色的，我沒有忘記。」

看來是之後，影明白了。周秀樹在第一層的大樓墜落，影及時趕到，把他接住丟向入口，帶著他作了一個跳躍。雖然他不認識這個人，因為他的眼睛擁有造夢者的亮度，影把他送到下一層，自己回到聖殿。

影第一次執行跳躍，大概有點後遺症，周秀樹才什麼也不記得。當然也有可能是影肚子太餓，多吃了點東西，畢竟跳躍很消耗體力。

雖然同樣是覓食，比起噬夢者的生吞活剝，他們比較文明。他們只吃掉記憶，一點點的記憶，像露水一樣輕飄飄的，所以人類醒來常常不記得夢境經過。

也許這次吃得太多了。

失望的情緒翻騰上來，這裡是月芽失蹤的三年多以後。在這裡影能做的僅是尋找失蹤的月芽，無法到噬夢族的巢穴和她一起並肩作戰。

對他來說，月芽只是暫時失蹤而已，就是這樣沒錯。

影一句話不說，離開河邊，朝一個方向走去。

「你要去哪裡？」

影沒有回答，他厭倦了老是在回答問題，而周秀樹厭倦了老是在問問題，一路上兩個人幾乎不說話。

影又想起月芽。

那是很久以前，他們的第一個泡沫。

月芽對他說，夢總會結束，不可以跟造夢者有太深入的交往，禁止對泡沫裡的事物產生任何感情。

這是月芽教給他的第一件事，影一直嚴格地遵守。

「如果夢一直不結束會怎麼樣？如果有不結束的泡沫，就可以跟造夢者交往了吧！」

月芽像是聽見小朋友的幼稚話而突然笑了起來。

「不可以有這種想法，這樣泡沫會無限制變大，會吸引無數的噬夢族過來。」

朝著一個方向走，可以到泡沫的盡頭。他們花了半天時間，周遭景色開始重複。瀑布嘩啦啦地沖刷下來，眼前是那條意識構成的長河。

更遠處隱約可以看見那頂鮮豔的帳篷。

「這一層就這麼大。」

月芽他們不在這裡，得找到下一層的入口才行。
當泡沫到了盡頭，就會走到重複的地方。當然是因為泡沫事實上是一個類球體的緣故。
有的泡沫大小就是一個房間甚至一個電梯，十分狹小，一點隱私也沒有。影就想成為電梯的一個按鈕算了。
問題在於，他也沒發現通往下一層的入口。
尋找入口本來就不是他擅長的事，就地覓食是天性。事情可以簡單解決，他從不繞路，吃東西也是。
月芽說過，造夢者心中的缺口，會成為通往下一層的洞，入口就是這樣形成的。
「我問你，那個大樓發生什麼事？」
「什麼大樓？」周秀樹不知道他在說什麼。
該死，我把那個也吃掉了嗎？
「一個藍色的……，大概是十二層樓高的大樓。那裡發生過什麼？」影描述了那個大樓的外觀，希望他沒把這部分的記憶吃掉。
「你說的是廣場百貨。」
「沒錯。」事實上影根本不知道那個大樓是百貨商場，不過這不重要。「那裡發生過什麼事件嗎？」
「嗯，新聞鬧得很大，路景川議員的夫人從廣場百貨意外墜樓，當場死亡。」
「你對這個事情為什麼那麼清楚？」

「因為……」周秀樹露出迷惘的表情，忽然之間他想起來了。「因為她是我的指導教授，我在她主持的研究機構工作。」

「你們研究什麼？」

「核桃殼裡的東西。」周秀樹面帶疑惑地說。這句話如此熟悉，又那麼陌生。

影知道核桃，不知道核桃殼裡的東西有什麼值得研究。他的時間緊迫，先找到下一層入口再說。

那棟大樓果然發生過重大事件。第二層這裡也一樣，這裡有個缺口，只是他還沒發現。

這裡不大，人也不多。

「你認為這個地方可能發生過什麼重大事件？」影問周秀樹。

周秀樹很驚訝影的問題。「怎麼可能沒有，剛剛不是一個小男孩溺死嗎？」

「那個小男孩是……」影正要再說一次他是魅，忽然理解到事情的盲點。

驅逐魅怎麼可能不是一個重大事件，當然足以成為某種造成缺口的事件。

影到少女推下小男孩的事發地點，瀑布上游的礫石灘。有一條髮帶掉在那兒，影過去撿了起來。

這條髮帶是月芽的，她來過這裡。不知道是從下面上來，還是從這裡下去。

在髮帶掉落的地方，影很快就發現入口，就在意識長河裡面。

原來如此。混沌長河裡面的一個暗影漩渦，難怪他找不到。

周秀樹好不容易才爬到他身邊，影指出那個暗影漩渦，隱約閃爍在浪花的碎沫裡。

「抓好！我們只有一次機會，要是沒跳進去，就會被意識長河絞碎，一點渣都不會剩下！」

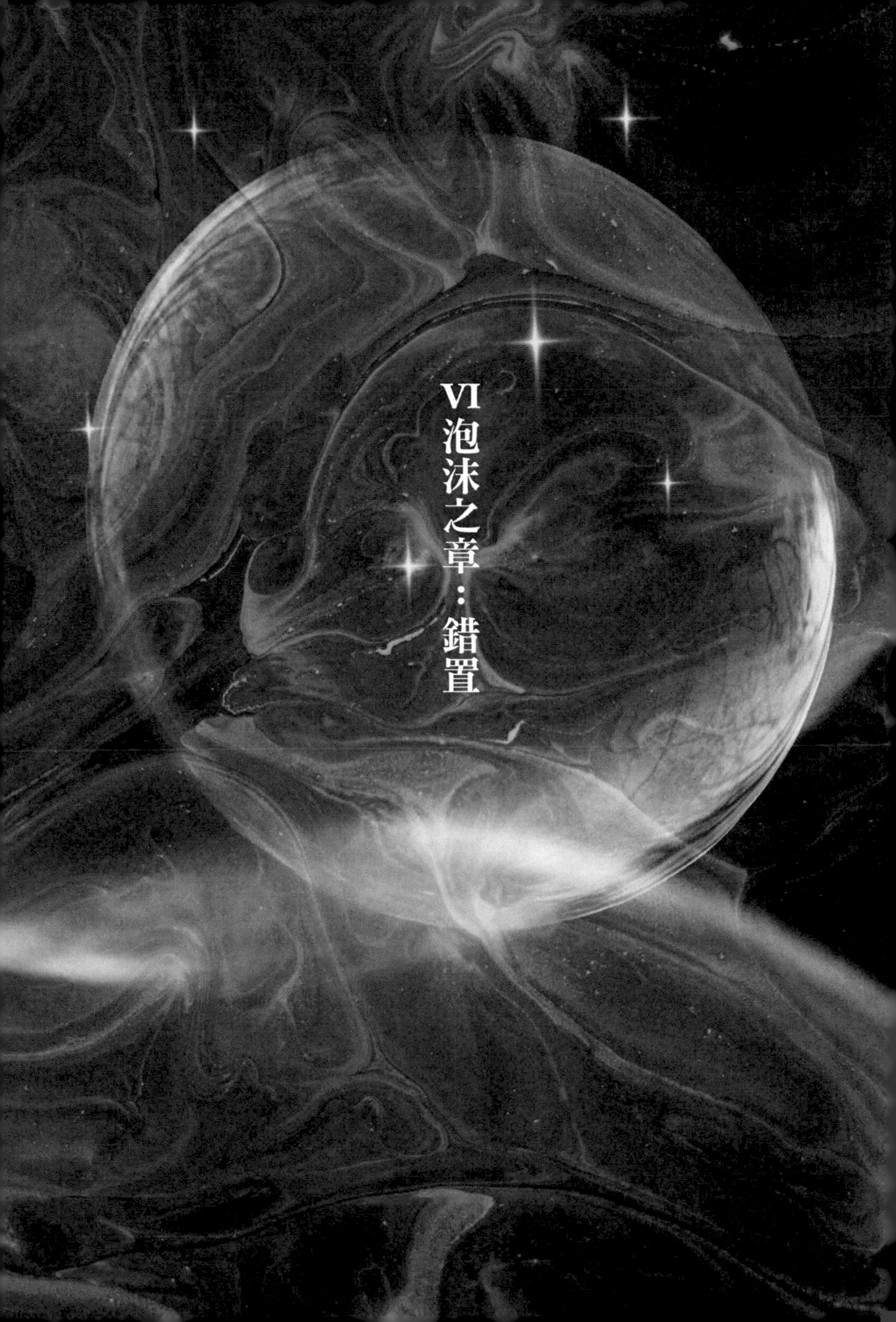

VI 泡沫之章：錯置

泡沫座標（1412.5, 2373, 16），亮度二，熒紅色。

第三層，現在。

這天醒來，許俊治就覺得奇怪。說不出哪裡不對勁，身體輕飄飄的，腦袋一團迷霧。他在哪裡？他是誰？一連串問題沒來由冒出來，拉開衣櫃，看到裡面的制服，才想起他是一家咖啡店的老闆。

在城市的角落，公園的邊陲，他開了一家咖啡店。

說也奇怪，這家咖啡店像是憑空出現，他一點也想不起開店的始末，以及何以成為了老闆。許俊治重重甩頭，這種事不是第一次發生。有時他會忘記一些過去的細節，有時又會記得莫名其妙的事。

他的腦袋一定出了什麼問題。

「老闆，我剛剛點的是熱的黑咖啡，怎麼給我冰拿鐵？」眼前這個顧客將他叫過來大聲抱怨著，他穿著素色的運動服，頭上戴著一頂鴨舌帽，這男子是常來公園慢跑的常客，許俊治立刻彎腰道歉，並趕緊做了一杯熱騰騰的黑咖啡過去。

不過他有點狐疑，剛剛這個人點的真的是黑咖啡嗎？不，因為是常客的關係，他一直以來都是喝冰拿鐵，如果改成黑咖啡，他不可能忘記。

看著這個客人泰然自若喝起黑咖啡的模樣，許俊治連「他過去都是點冰拿鐵」這個記憶也變得不可靠起來。

可能又是他出了差錯。類似的記憶斷片時常發生，他的腦袋究竟有什麼問題？

他猜想，也許是生病了。

生病當然是要看醫生，他無法堂而皇之到大醫院就診。因為是腦袋的毛病，他寧願到隱密的私人診所，距離他工作的地方起碼要轉兩趟車，絕對不會有人認識他的一個診所。

至於搜尋到這家診所的經過，仔細回想起來，就是幾個記不清楚的片段。可能是開車經過，也可能是網路推薦的。總之，他也不肯定。

診所的招牌很低調，不仔細尋找根本無法發覺，從外觀的一樓無法看出這棟建築物是作為精神科診所使用

一越過玻璃門，某種熟悉又奇怪的感覺襲擊而來。許俊治感到他不是第一次踏進這裡。該怎麼說，不只是強烈的似曾相識，而是他真的來過，裡面的格局他都知道，不用詢問就毫無困難去借用了廁所。

這是一家很高級的診所。報到完以後，他被帶進小房間候診，擺設帶著簡潔的高雅感。許俊治一方面覺得大開眼界，同時在另一方面，記憶裡的另一個他對這一切都習以為常。

他不知道哪一個他才是真的，這就是他坐在這裡的原因。

幾分鐘後，一個穿著潔淨白袍的男人進來，見到這個人的一瞬間，許俊治如遭雷殛，一個名字從嘴裡冒出來：「你、你是……周秀樹醫生？」

周秀樹嚇了一跳，旋即回過神來，畢竟患者知道看診醫生的名字不值得大驚小怪。他有所不知的是許俊治只是胡亂找了個醫生掛號，事前連醫生是誰也沒記住。

許俊治。周秀樹看了看掛號單，對這個名字沒有印象，應該是初診患者。

「我到底是怎麼了？」許俊治喃喃問自己。他皺著眉，雙手抱在頭上，即使不是醫生也知道他的樣子不對勁。

「你先冷靜下來，既然來到這裡，到底是怎麼回事就交給我判斷吧。」周秀樹坐上他的看診椅，潔白的醫師長袍在他身上非常合適。不過許俊治知道，他之所以信任這個人，不是因為白袍，而是他的臉。看見這張臉，他心中浮起莫名其妙的安全感，頭痛及時減輕，他終於得以述說自己的遭遇。

「我度過一個普通的人生。我印象中求學生涯沒有特別不順利，我的成績總是保持在中段，沒有特別突出，也不至於會讓父母擔心的程度。因為家裡經濟狀況不錯，我得以依靠家裡的支援在市區開了個咖啡店，自己當老闆，不需要進入公司求職。表面上看起來似乎是這樣，不過……」

「難道有什麼問題嗎？」周秀樹追問，即使再平凡的人生，都可能出現一些足以讓他過來就診的問題。

「我沒辦法說服自己這是我的人生。我的記憶裡有另一些片段，我……我殺過人，不，這麼說還不足以形容，我想我是個殺手。」

「有另一個我，過個截然不同的人生。」許俊治繼續說下去，「有一次我經過一個破舊的電動場，忽然想起小時候逃學時曾經來過那裡，那時的記憶蜂擁而來，我想起有一次被我媽報警抓到的事情，於是我看見她的模樣……。說是看見，不如說……那個女人就轟然出現在我的回憶裡。」

「那個女人？」周秀樹問。

「那不是我媽，可是又好像是她。」許俊治臉上充滿悲哀說：「至少不是我以為的那一個。我、我好像……我不知道自己是誰。」

周秀樹沒辦法立刻給他答案，很多精神問題都必須多次會談才能診斷出來。他為他安排了檢查，也必須排除藥物濫用的可能性，給他幫助睡眠的藥物至少能度過眼前的難關。

周秀樹耿耿於懷。不是許俊治說出來的症狀，而是他脫口而出他的名字，而且許俊治的表情像是也沒料到他自己會認得他。

他們是在何時見過面呢？周秀樹強迫自己別繼續想下去，因為那是不可能的。

在叨絮完冗長且又不尋常的症狀後，許俊治終於說出來意。「我想接受催眠療法。」

催眠是周秀樹很常使用的技巧，能釐清症狀的源頭，麻煩的是知道真相不見得對病情有幫助。

比方說一個害怕蟑螂的人就算知道問題在於兒時被父母虐打時地上總是有蟑螂爬過，也無益於消除他對蟑螂的懼怕。

知道真相是一回事，連根拔除又是另一回事。

雖然不是很肯定能有什麼結果，周秀樹依然作了催眠。

讓許俊治躺在診療床上，娓娓道出不像是屬於他的片段人生。

「我……我殺了人。」第一句話就讓人吃驚。

「先說你在哪裡。」

「我在一個大樓的樓頂，把一個女人推下去。」

「你認識那個女人嗎？」

「認識，那是一個議員的老婆。」

「你旁邊還有別人嗎？」

「一個長得跟我很像的男人，他是我的哥哥。」

周秀樹瞥了一眼病歷，家庭欄位兄弟姊妹那項，許俊治填寫的是「無」。

「我們再稍微回溯一點，現在你看到什麼？」

「血。我殺了人。」這次是一個男人，在昏暗的小旅社裡。許俊治翻動死者的錢包，是從事地下金融行業的人。

周秀樹試圖再把時間前後挪動，每次的結果都一樣，許俊治總是看見自己殺了人，各式各樣不同的人死在他手裡，和他的哥哥一起。

他過去的人生就是一直在殺人。周秀樹皺起眉頭，如果是一個殺手他不意外，但是許俊治是一個普通的咖啡店老闆。

他有點疲倦，看起來不會找到什麼有助於釐清病情的過去，正打算結束治療。許俊治忽然說：「我看到一個核桃。」

這次不是殺人。周秀樹坐直起來，「核桃？吃的嗎？」

「不是，是一道門。我走進去。」

核桃是一道門？周秀樹難以理解，不過他繼續問：「然後呢？你進去看見什麼？」

「很多白色的房間，有人把我帶到裡面。一個人出來跟我說話。」

「那個人你認識嗎？」

「認識。」

「描述一下他的樣子。」

「他長得很瘦高，穿著白袍，是這裡的負責人。」

「你知道他的名字嗎？」

「知道。他就是你，周秀樹醫生。」

周秀樹整個人彈起來，臉像紙一樣白。催眠不會說謊，許俊治真的見過他，但是他卻沒有印象。

他說的門上有核桃圖案的研究機構他也沒有記憶。

等等……，他怎麼知道是研究機構，怎麼知道核桃是門上的圖案？

暴雨不要命地下，天空布滿閃電，雷雨交加。周秀樹瘋狂地踩著油門，在公路上高速行駛，即使雨刷已經不停歇地擺盪，眼前的視線仍是白濛濛一片。

他終於在路邊停下來，手機恰好在這時響起。

「請問是周秀樹先生嗎？我們是路王療養院，這裡有一位許長治先生，必須麻煩您過來一趟。」

「許……許長治？」周秀樹說：「我不認識這個人。」

「許長治先生有一些個人物品要交給您。」電話那頭又強調了一次。

周秀樹不想去，本來這種事他應該當成詐騙，但是那個名字勾起了他的好奇心。

許長治。

他想到許俊治，許俊治殺人的描述裡一直有一個哥哥，而許長治和他的名字只差一個字。

周秀樹直接作了一百八十度迴轉，花了四十分鐘車程來到城郊一棟灰白色建築物。路王療養院這五個字看起來是全然的陌生，周秀樹從沒聽說過這個地方。

他說明來意，跟警衛換了訪客證，直接到三樓302病房。

許長治就躺在那裡。蒼白無血色的臉戴著氧氣，身體枯瘦到只剩皮包骨，周秀樹忽然啊地叫出來。

假使沒有肌肉萎縮，眼窩沒有凹陷，假使多點血色，這張臉和許俊治應該非常相似。

他快步走向護理站。

「請問，你們有302病房那個患者的日常照片嗎？」

「你是周秀樹先生吧？他的個人物品在這裡。」護理站把一箱東西給他，封箱上寫著他的名字周秀樹。

「他昏迷了多久？」

「兩年多，我們最近才發現這個箱子。」

周秀樹接了過來，把上面的膠帶用力撕開，打開皮夾，找到許長治的證件。

果然沒錯。他長得和許俊治一模一樣，他們一定是兄弟，更可能是雙胞胎。

皮夾掉出一張卡片，周秀樹拿起來察看，這張卡片樣式並不起眼，上面的圖案卻很惹人注意，那是一顆打開的核桃。

打開的核桃看起來就像人類的腦。

他微弱的記憶深處對這張核桃卡片有反應。這時他忽然聽到一句話，像是一陣風吹過他的耳邊。

「姓周的，我們接下這個任務。」

「誰？」周秀樹猛然大叫，護理站的人被他嚇了一跳。

「剛剛有人說話嗎？」周秀樹想確認這件事，護理站的人搖著頭不知所以，那樣子就是認為他在發神經。

周秀樹把許長治那一箱子帶回家裡，對著那張核桃卡片，又莫名煩躁了起來。

他決定去沖個澡，自己冷靜一下，才想起忘記問許長治生了什麼病。

明明初次見到這個人，卻擅自認定他是遭到可怕的意外，不，更明確地說，是墜樓。

周秀樹撥了通電話給療養院，他覺得有必要確認。

「我是周秀樹，我想知道許長治昏迷的原因。」

「那是一樁可怕的意外，他從百貨大樓的頂樓墜落……」

周秀樹緊閉雙眼，療養院那邊又說了一些話，他的腦袋嗡嗡作響。幾個畫面在他眼前重新播放，從百貨大樓墜下的不是許長治而是他。

許俊治再度回到這家診所，很意外催眠治療這麼快就可以再次安排到。事實上，回去以後他不堪其擾，他作的夢又變了，他殺了很多人，而且他懷疑夢裡的事情好像真的發生過。

「你說那是真的嗎？」一見到周秀樹，許俊治就忙不迭問他。

「你指的是什麼？」

「我真的殺過……那麼多人？」

周秀樹沒回答，把一個皮夾放在他面前，許俊治拿起來，裡面的證件照讓他非常訝異。

「你對這個人有印象嗎？」

「他長得和我一模一樣。」許俊治說。

「他的名字叫許長治，你認識他嗎？」

許長治……，許俊治喃喃唸著這個名字，對於自己的毫無印象懊惱起來。

「所有你不記得的這些事，不是不見了，只是封存在另一個意識層，我們可以用催眠找回你的記憶。」

「你的意思是這些都是真的？」

「我只能夠說這些都發生過，而且存在你的意識層裡。至於真相，每個人看待事物的角度不同，存下來的記憶也不同。」

「我要知道自己是誰。如果這個許長治真的跟我有關係，我要見他一面。」

許俊治在診療椅躺下來，周秀樹發現自己有點緊張，也許他也害怕許俊治的催眠會帶來不可測的後果，可是他知道這很重要，對他們兩個都是。

「就從上次你在百貨大樓推下一個女人那裡開始好了。」周秀樹挑了這個時間點，他也不知道為什麼，只能說是隨便選定的。但是他偏偏又知道沒有隨便選定這回事，所有人類的抉擇都是經由自身的意識和潛意識做出來的。

許俊治陷入了沉睡，躺在診療椅上，周秀樹按下錄音鈕。

「你知道自己在哪裡嗎？」周秀樹問。

「廣場百貨的頂樓。」

「你在那裡做什麼？」

「為了殺人，一個女人。我是一個殺手。」

「你知道她是誰嗎？」

「知道。她很有名，是路景川議員的夫人。」

「是誰雇用你殺了她？」周秀樹很小心地問。

「她自己。」

周秀樹腦袋一片空白，她為什麼要雇用殺手殺害自己，不，為什麼他在意這個女人是怎麼死的？路景川議員……，他拿起手機搜尋。

「為什麼她要這麼做？」

「不知道。不過她一直在發抖，還問了我一個問題。」

「什麼問題？」

「為了兒子殺掉女兒是可以被原諒的嗎？……不過，大家都知道路夫人沒有兒子。他們只有一個女兒，精神不太正常。」

「即使如此，你們還是殺了她？」周秀樹意識到自己的眼角泛出淚水，不知為何他既難過又憤慨。

「當然，這是工作，要是顧慮太多就沒完沒了。她已經付了錢，我們就要完成。」

周秀樹捂著臉坐了下來，好不容易平息心中的情緒，才問：「後來呢？說說那個門上有核桃的地方。」

「那是一個實驗室，我是說看起來像。」

「裡面在做什麼實驗？」

「拜託！我怎麼可能知道這種事。」

「那個實驗室找你做什麼？」

「當然是為了殺人，我是殺手，找我還能做什麼。」許俊治停了一下，繼續說：「他們告訴我，這次的狀況比較複雜，我不需要真的去殺死一個人，只要躺進一個機器就好。事前我們還作了很多次練習，去殺一個叫扳手的厲害角色，他是議員買來殺人的。」

「扳手又是誰？」

「他也是個殺手，我們都是殺手，那個研究機構，也就是你，雇用我來到這裡……。」

「我……雇用你來這裡……殺人？」周秀樹語調苦澀，不是因為發現自己竟然雇用殺手，而是因為他一點也不記得這件事。

幾天前，他過著優渥但是平凡的日子，是這家小診所的受僱醫生。不管多棘手的病患，經過他的治療都能穩定下來，他以為這一切是因為他很優秀，看來這其中有他不知道的因素在。

「我要你來這裡殺誰？」如果有仇人的話，也許聽到名字會想起來。

「路詠樂。」

周秀樹不認識，聽起來又是個路家的人。

「你還記得那個實驗室怎麼去嗎？」

許俊治一五一十地描述出來，實驗室在城市的邊陲，但是不遠，開車不用一個小時，就在療養院附近。他忽然想起，那家療養院就叫路王療養院。

於是他問了最後一個問題。

「許俊治先生，你有兄弟嗎？」

「我有一個哥哥，別人叫我們雙胞胎，其實不是。」

許俊治醒來以後，周秀樹讓他聽錄音，他的眼神飄忽不定。最後聽到自己親口說出有個哥哥，拿起皮夾裡的證件照，過去抓住周秀樹領口，質問：「他在哪裡？我要見他，帶我去見他。」許俊治的力氣不小，周秀樹好不容易掙脫，從抽屜拿出車鑰匙，對他說：「我帶你過去。」

療養院仍是灰白色的建築物，依然和周秀樹記憶裡的一樣，他鬆了一口氣。雖然幾天前他才來過，他很怕它消失得無影無蹤或是變了個樣子。

畢竟他的記憶也開始不可靠起來。

他再度說明來意，跟警衛換了訪客證，到三樓302病房。

許長治依然躺在那裡，蒼白的臉上戴著氧氣。許俊治很勉強才走到病床旁邊，然後跪了下來。

「我要離開，我要離開這裡！」他崩潰地哭喊著。

哭了很久，許俊治忽然站了起來，擦了擦眼淚，轉身對周秀樹大叫：「我不幹了！我不幹了！讓我回去！」不知從哪裡掏出一支手槍對著周秀樹。

周秀樹回到車上，一句話也不說。許俊治的手槍依然對著他，情緒很不穩定，一邊又哭又叫。他把他變回殺手了嗎？

又花了十幾分鐘他們抵達實驗室。外觀也是灰色的建築物，門上有一個核桃圖案的鐵製品，旁邊有一個電子鎖。周秀樹不知道進去的密碼，想了一下，把許長治的核桃卡片拿來刷卡感應，門鎖應聲而開。

許俊治的槍口對著他，在他背後推了一下要他進去。

裡面如同許俊治描述過的，一個個白色的房間。當時應該有研究人員，如今一個人也沒有，地上還蒙了層灰。

這是一棟廢棄的研究中心，已經無人使用。周秀樹硬著頭皮走向裡面的中央區域，說也奇怪，他不記得這些實驗室的事，卻知道應該怎麼走。

有一台十分龐大的機器在中央區域，幾個看起來像是睡眠艙的繭狀物體以複雜的線路連通到一個控制台，不管是睡眠艙還是控制台都罩著一層半透明防塵罩。

許俊治要他打開防塵罩。周秀樹花了一點功夫，機器看起來完好無缺，可惜他不知該如何操作。

許俊治的槍口對著他，周秀樹只好想辦法讓他冷靜下來。「給我一點時間。不管你以為我是什麼，我只是個精神科醫生。」

許俊治終於把槍放下，周秀樹仔細觀察了控制台，按下一個按鈕，整個控制台忽然通上電亮起來，睡眠艙像蚌殼一樣打開。

「你馬上送我離開這裡！」許俊治忙不迭找了個睡眠艙躺進去，周秀樹不是很確定該怎麼做，但也別無選擇，手指移向他所認為的啟動鍵。

這一剎那間，他的腦袋裡忽然出現了一些畫面。周秀樹改變了心意，按下幾個按鈕，走向一個開啟的睡眠艙躺了進去。

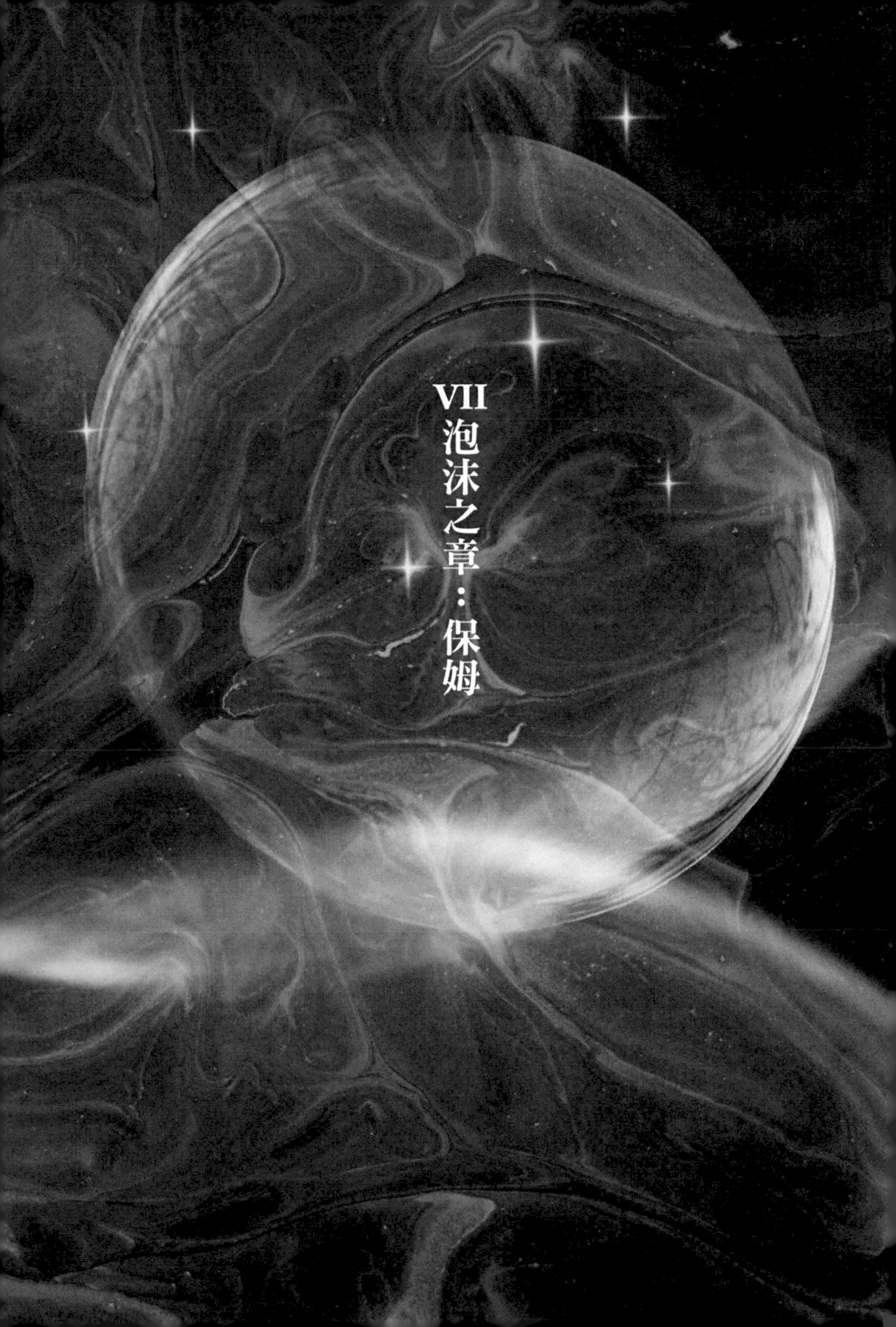

VII 泡沫之章：保姆

泡沫座標（1412.5, 2373, 16），亮度二，熒紅色。
第三層，幾天前。
蝕衣待在一個昏暗的街道，手裡抱著月芽那把流星。
街上人來人往，一個路人撞了她一下，她本來踏出的一步又縮了回來。
不要害怕，蝕衣對自己說。
她的肚子很餓，從母體出來以後還沒吃過東西。她不知道如何覓食，街上的人們手裡都拿著一包紙袋。雖然那些東西沒有食物的香氣，大家卻都吃得津津有味。她不是很肯定，湊到一攤鹹酥雞前面東看西看。
這個好像是食物。
她眸子亮起來，伸手就拿。「欸，小姐，你還沒付錢！」老闆跟她要錢，蝕衣不知道怎麼回事，飛也似地逃走。
幸好獵夢者的腳程不是人類追得上的，就算是最沒用的獵夢者也不會輸。
蝕衣跑過四、五條街道，找到一座公園，慢慢享用那一袋鹹酥雞。吃了幾口，奇怪這食物沒什麼味道，忽然地面發出巨響，碰碰震動了起來。
一個龐然大物降落在她面前，從頭到腳都布滿鱗甲，腿和手臂像大蜥蜴一樣粗壯。
噬夢族有兩種，有翼的翼族和無翼的獸族。這隻是獸族，她和月芽去巢穴那時遇到過無數個。
蝕衣像無助的蟲子被抓起來，好痛！只要這個怪物再用點力，她的背脊就會啪地折成兩半。
「放開我！」她大叫，自然沒有用，獵夢族和噬夢族的語言不同，兩族無法溝通。

她的背包裂開，裡面掉下來一把刀，月芽的流星。

噬夢族眼神變得陰鷙，把蝕衣摔了出去，撿起地上那把刀。

噬夢族的身高是獵夢者的兩到三倍，流星在牠手上就像一把短匕首。

這個怪物試圖掰斷這把刀。

「不要！」蝕衣大叫，她不知哪來的勇氣朝噬夢者撲過去，想把流星搶回來。

一根藤蔓般的長矛刺向她，這一族噬夢者翅膀退化成矛狀的尖爪，矛爪的數量比翼族更多更長，可以攻擊兩、三公尺外的敵人。

蝕衣不知道怎麼應付，她還不會戰鬥，而且戰鬥也不是她的專長。

一個男人出現在她面前，一刀削斷了那根矛爪。噬夢族揚起另一根矛爪刺過來，速度飛快，他又是一刀斬落，這次是另一隻手上的刀。

影擋在蝕衣面前，手持雙刀，毫無懼色。

「把流星還、給、我！」他不期待這種怪物會聽懂他們的語言，一邊說，身體已如箭離弦，一刀剜下那頭噬夢者的鼻子，接著一個迴旋斬，怪物的手生生截斷，跟著那把「流星」一起噹啷掉落在地上。綠色的鮮血噴灑一地，噬夢者昂然跪倒，暫時失去行動能力。

影撿起血泊裡的流星，閉上眼睛，強忍住眼眶裡的淚水。

不會的。她沒有死，只是暫時失蹤而已。

影拉起動彈不得的蝕衣。在噬夢者恢復行動能力以前，他們必須逃離到足夠遠、無法被追蹤到的地方。

「你是誰？」

蝕衣面前是一個二十來歲男性，輪廓分明，有一雙深邃的眼睛，陽光剛好照射在他臉上。她很好奇。從沒見過這麼勇敢的人，話說回來她見過的人也沒有幾個。

「我叫影。月芽不在的時候，我是你的觀察者。」

蝕衣不敢相信居然有人來救她，淚水一下子流了滿面，撲向這個稱為影的男人，對著他放聲大哭。

「你幾歲？」

「十……十五歲……」蝕衣哭著說，不敢放開影。彷彿這樣就可以把恐懼驅走，那些縈繞不去的怪物影像。

「我說的是夢年。」不是你看起來的年齡。

蝕衣回答：「我……我說的也是夢年。」

獵夢者所稱的夢年和人類的時間兩者的時序性呈現混亂的扭曲，兩個世界的時間長短也不是平行狀態。人類世界的時間就像散射的雷射光線，不規則投射在獵夢者的時空裡，其前後時序並無法像人類所界定的那麼井然有序。

「喔。」影吸了口氣，他沒料到，這或許是他見過最小的獵夢者，蝕衣根本就是個嬰兒。

影在獵夢者世界不算是長者，卻也不是小孩子。兩百多歲的影在獵夢國度都還算是年輕人，小於一百歲都歸入幼兒階段。

母體把一個嬰兒送進來，毫無愧疚之心。而他是這個嬰兒的新任觀察者，或者說保姆比較恰當。

蝕衣抿著嘴唇，料想影對她的年紀並不滿意，連忙補充說：「你放心，雖然我年紀小，可是我會努力。你教我的東西，我一定會努力學。我不會連累你，你不要丟下我好不好？」

「我不會丟下你啦！」影環顧四周，問她：「月芽在哪裡？」

「不知道。」蝕衣指著流星，月芽的那把刀說：「我醒過來就只剩下這個，月芽姊姊不見了。」

「你是怎麼撐到現在的？」

「月芽姊姊把我留在一個避難所，我一直躲在裡面。」

「那你怎麼又跑出來？」

蝕衣低下頭，難為情的說：「我……我的肚子很餓。」影看見她手上的鹹酥雞，忍不住嘲笑她。「誰教你吃這種東西？」

「……我不知道要吃什麼。」

原來如此，她什麼都不知道。「先帶我去避難所，我找真正的食物給你。」

被稱為避難所的地方，其實是一間屋子地板下的儲藏室，五公尺見方的方格空間。躲藏在這種地方，能掩蓋掉會引來噬夢者的氣味。

影拉起一個鐵製扣環，拱起身體跳下避難所，到處搜查，尋找一樣東西。

他盡量避免想到「遺骸」兩個字。

那是一種殘骸，晶晶亮亮像是一串珍珠，又像是淚滴，是獵夢者死後的模樣。獵夢者們可以從遺骸讀取訊息，但留下訊息會造成已瀕死的生命更加縮短，有許多獵夢者由於死亡發生得太突然，導致他們來不及留下訊息。

通常造成獵夢者死亡有許多因素，排名第二的死因是衰老，第三是意外。不過會讓獵夢者拚命留下警告訊息的，通常是第一個死因，被獵殺。

這個避難所除了一個紙箱什麼都沒有，紙箱裡面是一些人類的私人物品，影有點奇怪，翻看了一下，找到一個皮夾，發現這一箱子都是許長治留下的東西。

沒有發現月芽的遺骸，影一個轉身跳出避難所。

「接下來怎麼辦？」蝕衣問他。

「我要去一個地方。」影說：「你留在這裡，如果有危險，就先躲進避難所。」

「你不會丟下我吧？」蝕衣懷疑，影看起來就是會找機會擺脫他的樣子。

「不會！」影冷冷地說。帶著這個小鬼頭雖然麻煩，把她扔在這兒，讓她隨便被吃掉這種事他也做不出來。

影拔出月芽的流星，當他的手指滑過刀刃，刃上泛起陣陣異樣的光芒。

蝕衣瞪大了眼睛，不知道他要做什麼，一個眨眼，影就在她面前消失了。

影蹲在地上，面前聳立著一座佛塔。他收起手上的流星，直接向佛塔走去。

「你來了？」瀧等著他。

影恭敬地行了一禮，月芽帶他來過幾次，每隔一段時間，月芽會來到這裡，把記憶放進一個小龕。

瀧的外觀是一個七十幾歲的老人，實際上他可能是三千多歲，他自己也說不清楚，因為過了兩千歲以後，他就不再計算年紀。

瀧是月芽的觀察者，月芽是他最後一個觀察對象，凜則是倒數第二個。凜一直以為他會是最後一個，可是後來瀧又收了月芽。

也許用人類的概念來說更明白。瀧是月芽的師父，而月芽則是影的師父。

「跟我來吧。」

瀧的眼眶泛著淚光，影沒有問，他知道沒用。瀧什麼都知道，卻一個字也不會說。

瀧帶著影進入佛塔，裡面是密密層疊的小龕。瀧的手輕輕揚起，遠方上端的一個小龕滑動過來到影的面前。

曾經帶著他出生入死，在一起那麼久的月芽最後只剩下一個小格子。

曾經以為那樣的日子可以一直過下去。

「月芽她……」影的聲音哽咽，「我沒有找到她的遺骸。」

「也許這是一件好事。」瀧的語調蒼老了許多。即使是瀧也有不想面對的時刻，他轉身消失在塵埃裡，把影獨自留下來。

影的雙手放上那個小神龕，一縷白煙纏繞上來，他喪失了意識。

他坐在地上，那是一個房間，有華麗的地板、小床、和一箱玩具箱。影坐起來，環顧四周，看到庭院的流水和岩石。他一眼就可以認出來是一個男孩的房間。

他的手被一個小男孩拉住。「哥哥，我找不到姊姊。」

是那個魅，影深吸了一口氣。

「你怎麼找不到姊姊？」

「我和姊姊玩捉迷藏，我找不到她。」

男孩發出一串戲謔的笑，一邊拍手一邊跑，衝出去在整個房子亂竄。

「等等！」影追出去，男孩已消失無蹤。

「不可以一直追他喔！」樹上的一個女孩發出警告，一個高中女生穿著類似水手服的制服，下擺是蘇格蘭花紋的百褶裙，整張臉充滿青春與朝氣。

「嘿！影，好久不見。」高中女生一頭俐落的短髮微微飄揚。

影一陣眩然，淚水從眼角滲出來。

「……月芽，好久不見。」他的聲音哽在喉嚨。

月芽泛起微笑。「你來到這裡也就是拿到徽章了，沒想到已經過了這麼久。」

「沒你想的那麼久，那些老傢伙隨便說了幾句話，就把徽章給我了。」影說起話來毫不留情面。

「你還是一點也沒變。」

月芽在樹上笑了起來，一雙腿俏皮地晃來晃去。影躍過去她身邊，月芽髮梢的香氣傳來，是淡淡的迷迭香。

過去兩百多個夢年，他們常常這樣並肩坐在光橋。

月芽握起他的手，影感受到一陣奇怪的平靜和放鬆，一定是月芽運用力量安撫他內心的哀傷。

「月芽，別浪費你的力量。」

月芽直視著影。

「你在那個泡沫裡嗎？」她想到似地問起來。

影知道她指的是哪個泡沫，點了點頭。

「你應該一來就告訴我，我們沒有時間可以浪費了。」月芽生氣起來，她一定要讓影活著出去。「首先你要知道，那個泡沫裡面有不只一個造夢者。」

「我知道，所以才引來那麼多噬夢族。」

「不完全是這樣。現在最重要的，是告訴你我們所知道的。我……和前面幾位獵夢者所知的一切。」

「你讀取了他們的遺骸？」

「有些遺骸的強度已經十分微弱，無法造成一個完整的夢境，我只是看到一些畫面。」

「我沒找到你的遺骸，代表什麼？」

月芽很驚訝，眼神幾許哀傷，影這麼說代表她已經死了。

「我不知道，也許這是一件好事。」她的話和瀧相同。

「影，你要保持專注。那裡有很多噬夢族，也許還會越來越多。」月芽整理了一下情緒，提醒他。「不管這幾個造夢者用什麼方法來到這裡，他們的目的是為了殺掉一個人。」

「誰？」

「路詠樂。但是……每一層我都找不到她，只能找到她的魅。」

所謂魅，是造夢者的另一個人格，多半源自於創傷，慣常浮遊於潛意識或表意識層。魅的行動獨立於造夢者，而且常常對造夢者這個主人格有強大的攻擊性。少數造夢者擁有多個魅，那種造夢者的夢境常陷入一片混亂，多個魅摻雜在裡面互相攻擊。

對獵夢者而言，魅是危險且不穩定的。一般認為最好幫助造夢者撲殺魅，或是將他趕到意識的最深層。

「影，你覺得呢？」

「她知道有人要殺她，自己躲起來，把其他造夢者困在這裡，讓他們變成噬夢族的食物。」

「和我想的一樣。影，你要想辦法找到她，才能結束這個泡沫。」

「找食物是我最擅長的事。」影說。

月芽笑了，這點她毫不懷疑。

太陽逐漸升起，整個天空交錯橙色和藍色的雲。

月芽說：「還記得我跟你說過，我曾經去一個泡沫。在那裡，所有的噬夢族都只是豚鼠一樣的大小。瀧說那是隱藏天諭的泡沫，我見到的是噬夢族的最後結局。」

「如果瀧這麼說，就一定是真的。」

結局大概是真的。不過，看來她沒能等到那一天。

「我什麼都沒來得及教蝕衣。答應我，你會好好保護她。」

「我盡量。」帶著那個小鬼有多麻煩，而且他又不擅長當保姆。

月芽狠狠瞪著他，這個答覆她不滿意。「『盡量』就是逃命時會丟下她，肚子餓就不管她的意思嗎？」

「我答應你，這樣可以了吧！」影一臉沒好氣。

說穿了，他就是沒辦法違抗月芽。

月芽的模樣變得模糊不清，兩個人都心知肚明，在一起的時間就要結束了。空蕩蕩的曠野傳來一首童謠，童稚的吟唱在靜謐的夜裡顯得突兀。

「那個魅……」影說。

「他被姊姊放逐了。我跟他說，如果喜歡可以留在這裡，直到這裡消失之前。」隨著時間過去，神龕裡的訊息會越來越微弱，直到變成塵埃。

「至少有人陪你。」

「是呀……」影一個眨眼，月芽已經消失了，她聲音的餘韻在光影中輕柔地飄盪。

月芽，再見。我一定會找到你，我們會再見面。

影強忍住淚水。

他沒看見月芽掉下一滴眼淚，即使到了最後。

影握著月芽的流星回到避難所。一團溫暖從掌心直到胸口，不知是刀柄在發熱，還是他手心的溫度？

他收起流星，對蝕衣說：「我們去一個地方。」

「去哪裡？」蝕衣好奇地問。

「你不是肚子餓了？」他現在要教她的第一件事，也是最重要的一件事，就是獵食。

獵夢族的移動方式靠的是他們的雙腿。有時他們可以騎馬或搭車，影也搭過飛機，視泡沫的年代而定。

影和蝕衣坐在貨車上，他在路邊找了同方向的車跳上去，到了岔路有必要就換車，換了三、四次車以後，終於抵達他們的目的地。

一棟灰白色的建築物，路王療養院。

他們到三樓302病房，病床上躺著一個昏迷已久的男人。

許長治。

影拿了避難所那個小紙箱出來，放在病房的地上。

然後對蝕衣說：「要吃就吃，別浪費時間。」

蝕衣張著一雙大眼，她的確聞到食物的香氣，不過她還不會吃。簡單來說，就是不知如何著手。

月芽連這個也沒教？影輕嘆了一口氣。

他伸出手指，一縷白煙從許長治頭部出來，變成軟綿綿的露水。

「把他的記憶吃光。」

露水裡面隱約可見到一些畫面，影沒有特別在意，直到月芽出現。

他無法讓自己不看這些月芽的片段。

他們從佛塔出來，許長治對月芽說，他也想留下一些東西。

於是有了這個紙箱，月芽把它放在避難所裡。

「這些東西要留給誰？」月芽問他。

許俊治還在那些怪物手上，許長治想了想，寫下周秀樹的姓名和電話號碼。

畫面繼續下去，月芽他們找到噬夢族的巢穴，幾百個噬夢者。影握住拳頭，他不想看，卻又不能不看。

陣陣火藥引爆的巨響，有些噬夢族倒下，更多的是向他們撲來的狂暴噬夢族。

月芽周圍堆滿倒下的怪物，到處都是鮮綠色的血。

月芽砍了他們無數次，有些噬夢族真的死了，沒有再動過。

影專注認真起來。他仔細看著月芽的動作，也許可以從中找到有效殺死噬夢族的辦法。

忽然間一根矛爪貫穿月芽的身體，從前胸穿到後背，月芽臉色慘白，向天空伸出手，一時狂風大作，暴雨傾瀉下來。

原來就是這裡。

他聽許長治描述過，卻未想到景象如此淒慘。

他無法直視月芽用盡最後的力量召喚入口的樣子，為什麼她要這樣做，為什麼她不自己逃命就好？

兩、三個噬夢者撲過來，又一根矛爪刺穿她，那個噬夢者撕開她。她的血是寒焰般的墨藍，和她的瞳孔一樣。

影汗流如漿跪了下來，臉色沒有比畫面裡的月芽好多少。

「把這些記憶都吃掉！快！否則我殺了你！」他對蝕衣大喊，接下來發生的事他不想知道，一點也不想。

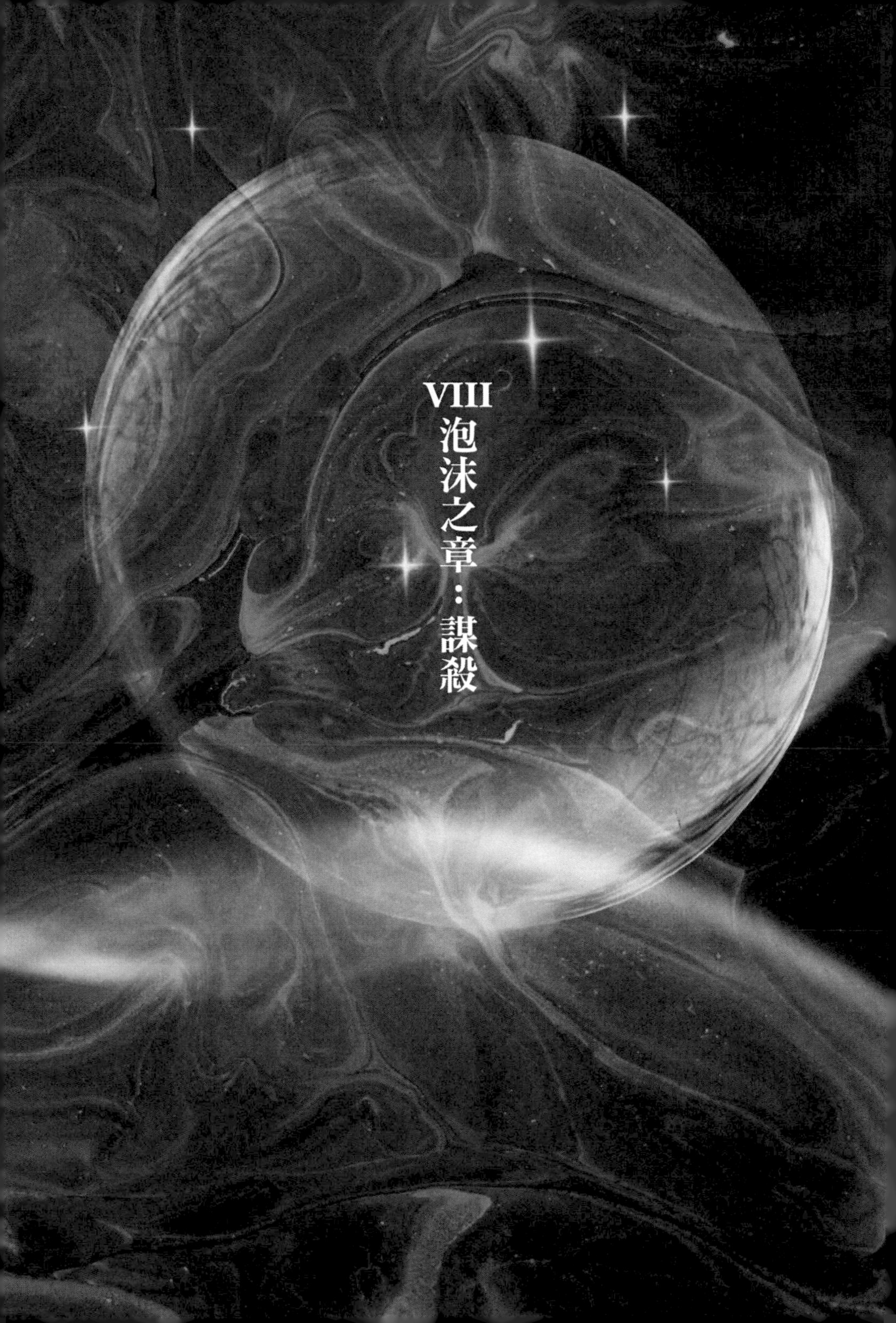

VIII 泡沫之章：謀殺

泡沫座標（222, 100, 15.3），亮度一，焰白色。
第四層，三個月後。
夜幕低垂，城市裡的燈光閃爍，天空極少能夠看見星星。
許俊治從來沒發現這件事情，這裡的天空沒有星星。像是拙劣的電影沒注意到的不起眼小細節，人造的東西本來就有很多破綻。
一輛大貨車迎面而來，駕駛對他瘋狂按著喇叭。許俊治用力轉動方向盤，大貨車從他旁邊呼嘯而過。
正鬆了口氣，一輛小客車從後面撞上來，他剎那間昏厥過去。一個龐然大物落地，牠剛剛在後面那輛小客車吃完開胃菜，主菜就在眼前，一根矛爪捲住許俊治的胳膊，正打算撕開，一把刀揮下斬斷了牠的矛爪。
那怪物發出咆哮般的厲吼，大地彷彿震動了一下。影跳躍起來，翻過牠背後，雙刀揮過，一眨眼把牠剩下的五根矛爪斬斷。
「蝕衣，就是現在！」那個人說。
怪物還來不及反應，一把短刃削下了牠的鼻子，牠一瞬間就昏迷過去，連動也不能動。
影一腳把噬夢者踢進旁邊那條大河，意識的長河花了一點時間才把這個龐然大物吞噬殆盡。
他雖然殺不死這種怪物，但是意識的長河可以。影花了一點時間想通這件事。
影看著噬夢者沉沒直到消失，蝕衣則是皺著眉對著許俊治，他的眼瞳逐漸陰暗下來，成為和普通路人同等亮度。

「怎麼辦？他越來越暗了。」

「死掉當然就不亮了。」影理所當然地說。

蝕衣沒好氣。「要不是你在深山裡面一個月什麼都不做，我們也不會把造夢者追丟。」

「要不是你學了一個月還連刀都拿不穩，我們早就出來了。」

「我……」

「還有，是誰吵著肚子餓，結果根本吃不完……」

「所以我全都做成便當啦。」

那天影不知道怎麼從療養院出來的。他在山裡過了一段動彈不得的日子，什麼也不想做，沒有力氣振作起來。要不是蝕衣照顧他，要不是蝕衣的便當，他們大概會活活餓死。

便當這件事蝕衣可是無師自通，影也非常訝異，而且吃起來還不錯。他和月芽從來都沒想過要做便當。大概是對他們來說，進泡沫就可以找到食物，根本不需要搞這麼麻煩。

只要戰鬥之外的事情蝕衣都很擅長，可說是居家型的獵夢者。話說回來，根本就沒有所謂居家型的獵夢者，他們領取的徽章是力量、智慧和勇氣，不是烹飪、打掃和洗衣。

「要不是有便當，我早就因為肚子餓出來了。」等影恢復行動能力，又花了點時間教蝕衣戰鬥，結果她一點天分也沒有。月芽該領取的徽章不是力量，而是勇氣，居然帶著她和一個造夢者去闖噬夢族的巢穴。

凜說的沒錯。勇氣只是莽撞的好聽說法，月芽為此付出了昂貴的代價，影只希望一切都還來得及。

兩個多月後他們回到城市，周秀樹和許俊治都不見了。影花了點時間找到下一層的入口，這次是在一個廢棄的研究機構，門上有核桃的圖案。影忽然想起，周秀樹告訴過他，他們研究核桃殼裡的東西。

影帶著蝕衣作了一次跳躍，他們來到第四層。

一道手電筒光照在影的身上。「你們是誰？不要動！」

影舉起雙手，發現是在公路上巡邏的警察，以泡沫來說，這裡的警察未免也太盡忠職守。

「駕照拿出來！」警察不客氣地對他說。

這是把他當成肇事的小客車駕駛了吧。「我沒有那種東西。」影只稍微後退一步，警察馬上過來壓制他，喀喇一聲，手上已多了一副手銬。

蝕衣作勢拔刀，影使了眼色制止她。

掙脫手銬這點力氣他還有，不過他不想鬧出太大動靜，要是把噬夢族引來更麻煩，不如到警察局再偷偷逃走就好。

那個警察拿出對講機。「五號公路63公里處發生車禍，一人疑似死亡，請求救護車支援。肇事者無照駕駛，有肇逃嫌疑。」一邊說，狐疑地打量起他和蝕衣。

糟糕了。

他們兩個外表看起來很不相稱，二十幾歲的男性和一個十四歲的國中女生。雖然他們實際相差的歲數更大，蝕衣十五歲，而他是兩百一十七歲。

果然，那個警察加了一句。「疑似誘拐少女，請求調查失蹤人口！」

以泡沫來說，這裡的警察真是少見的盡責。

他們被帶到警察局的偵訊室，一個警官推門進來。

中年、略微發福的身材、下巴的鬍渣沒刮乾淨、雖然不修邊幅，卻給人奇妙幹練感的刑警大叔。

真的沒想到。

他的眼瞳居然是亮的，他也是造夢者。

以前的問題是找不到造夢者，沒想到這個泡沫一下子出現那麼多個，多不勝數，也讓人覺得厭煩。

在山裡的時候，影曾教過蝕衣。

「一個泡沫，也就是一個夢境，只會有一個造夢者。人類不會共享夢境，也就是說不會有兩個人作同一個夢。」

「那為什麼這個泡沫有那麼多造夢者？」

「我不知道，這就是母體要我們解決的問題。」

「有沒有可能他們不是造夢者？」

「不可能，他們的眼瞳是亮的。」

「為什麼他們的眼瞳是亮的？」

「因為他們是造夢者。」

「為什麼造夢者的眼瞳是亮的？」

影嘆了一口氣，知道他觸發了小朋友的「十萬個為什麼」。以前他有這麼煩人嗎？他不記得了。

「因為……」他對蝕衣說：「亮度是泡沫裡的準則，只有眼瞳達到同等亮度的人才能對對方造成傷害，噬夢者、我們和造夢者在泡沫裡面的眼瞳亮度是一樣的，其他人比較暗，亮度是最重要的，眼瞳較暗的人無法對亮的人造成傷害。」

蝕衣再度舉手。

「那些暗的人也是食物嗎？」

很好，至少她關心的方向對了。

「我們只吃造夢者，但是噬夢族不一樣。對噬夢族來說，我們、造夢者和那些暗的人都是食物，唯一的差別是暗的那些人他們吃不飽。」

「嗨！小伙子。」大叔以中氣十足的聲音打招呼，拍了拍影的肩膀。

影看看他別在胸口的的名牌「雷一義」，刑警大叔捻熄嘴裡的菸。

「無照駕駛肇事，誘拐少女……」他看著手上的資料，眉心緊蹙。

他們一定找不到蝕衣的資料。

「你和外面那個小女生到底怎麼一回事？」

他們八成很苦惱，蝕衣被隔離在偵訊室外面，正在嚎啕大哭。

「她的父母要我照顧她一陣子。」是可以這樣說，如果把母體當成家長，而這所謂的一陣子少說也兩百多年。以她的資質要獨力在泡沫裡獵食，影對此很不樂觀，大概三百年後他才能重獲自由。

大叔翻開手裡的小記事簿，拿一根牙籤暫時取代無法抽菸的失落感。「為什麼要無照駕駛？被你撞的那個人已經死了。」

影不說話，他既沒有駕駛，也沒有撞人，更別提他本來是來救許俊治的。

這個警局是一棟老舊的三層樓紅磚建築，坐落在並不熱鬧的地段，兩旁有一些綠葉遮蔭。大門口延伸到馬路邊上有一排路燈，路燈下放置了幾個長條椅。

他在偵訊室裡面，蝕衣被隔離在外。

外面正在大鬧一場。吵吵鬧鬧，各種傢俱被砸爛的聲響，雷警官走了出去，然後碰地一聲，偵訊室的門被蝕衣踢破。

外面的警察個個鼻青臉腫，倒在地上呻吟。

既然如此，也沒必要繼續假裝，影一用力就掙開手銬，手銬這種東西對他就像紙做的。

「我沒有誘拐少女，誰要誘拐這種麻煩的傢伙？」

影在警察局的證物櫃找回被沒收的雙刀，順便也把蝕衣的刀還給她。

「胡說八道！」雷一義用力抓著蝕衣的腳踝。「小妹妹，你不要好人壞人搞不清，你不可以跟著這個壞人，你應該要回家，爸爸媽媽說不定正在哪個角落著急地找你，聽懂沒有？」

蝕衣則是不要命地踢他。「不要，放開我，放開我啦！影，救我……」

影給了一個白眼。這些警察被她揍得鼻青臉腫，這傢伙哪裡需要人救？

影走過去拎起蝕衣，好讓雷一義脫離她的拳打腳踢。然後一口氣穿越好幾條街道，確定那個警官大叔不會追上來，才停下腳步。

「蝕衣，你不可以把造夢者搞得天翻地覆。」我們獵夢族應該是潛伏在暗處的生物，百萬年來沒有被發現過。

「那有什麼關係，你不是說過，反正他們會忘記。」

影無言以對，這句話的確是他說的，果然話不能隨便對小孩子說，他們永遠會曲解你的意思。

蝕衣握著手指，好像很痛的樣子。

「你受傷了？」影扳開她紅腫的手指審視，蝕衣忽然拍開他的手，紅著臉說：「你不要這樣若無其事摸人家的手啦！」

「我只是要看你有沒有受傷？」

「我沒有。可是你有……」蝕衣指著他的手臂，不知何時出現滲出一點微微銀灰色的血，和他的眼瞳一樣的顏色。「我幫你擦藥……」

不管他願不願意，蝕衣逕自從口袋裡拿出優碘罐子，棉布沾了優碘塗上傷口，弄得他疼痛不已。

「痛死了！我們獵夢者的傷口不用這種東西也會好。」到底是誰給她這些多餘的東西。

「我知道啊！可是……」蝕衣自以為是地說：「用這個會好得比較快。」

被那種恐怖的液體擦拭過，傷口會好才怪。

「影，為什麼人類看見我們兩個走在一起，都要用很奇怪的眼神看我們。」

「誰教你的樣子是國中女生，而我是二十多歲的男性。」

「這兩種人在人類社會不准交往嗎？」

「看起來就像是你被我誘拐，那個警官不也是這樣說。」

「好麻煩。」蝕衣呼了口氣。「還好我們是獵夢族，雖然看起來年紀相差很多也不要緊……」

「我們真正的年紀相差更多，兩百多歲耶！」

「可是……我們獵夢族談戀愛不用管年齡差距吧？」

「我們獵夢族根本沒有談戀愛這回事！」影毫不客氣予以反駁，一句話打破了蝕衣的幻想。

這些稀奇古怪的想法不知是誰教她的，八成是陷在人類夢境泡沫太久的緣故，連思想都越來越像人類。

「明明就有！你敷衍我，你騙人！」蝕衣蠻橫起來一點都不講道理，就像小孩子，誰教她本來就是小孩子。

「反正……如果那些造夢者不讓我跟你在一起，那我就永遠不要理他們。」

「說什麼傻話。」小孩子的偏差觀念必須立刻糾正。「不理造夢者，我們永遠出不去，一輩子都會困在這裡。」

「一輩子在這裡沒什麼不好，有你陪我就好了。」

「這是不可能的。不趕快處理的話，這裡的噬夢族會越來越多。再說，餓肚子怎麼辦？我們兩個很快就會沒命。」更不要說這顆巨型泡沫對母體已經造成壓迫，不過這種事情蝕衣聽不懂，影不想浪費口水。

果然，聽到噬夢族的名號，蝕衣立刻害怕起來。「那怎麼辦？」

「先跟著那個警官大叔。」

他們再度回到警察局，所有的警車正在出勤，看來有大事發生。他們找到雷一義的警車，偷偷潛伏在車頂上，忽然聽見熟悉不過的人名。

原來是國會議員的女兒失蹤了，失蹤人叫路詠樂，疑似被歹徒綁架，難怪出動那麼多警察。報案人是路詠樂的男友周秀樹。

周秀樹果然在這裡，不知道許俊治和周秀樹是用什麼方法到這一層的。

這個城市的交通混亂，閃爍的交通號誌並沒有辦法有效控制車流。再加上今天是情人節，很多情侶用餐約會，更惡化原本就堵塞不通的車流。從警局到路家雖然不遠，也塞車塞了大概半小時。

路家在偏離鬧區的一個山丘，一繞上這個山丘，景觀丕變，悠閒、綠意、蟲鳴、鳥叫，難以想像和喧鬧的市區只有比鄰之隔。

聽說許多實業家的別墅都在這個山丘，雷一義以前無緣拜見，在周秀樹的指點下，駛著警車漫遊於蜿蜒的山徑裡，哪一棟別墅是屬於哪個人的，周秀樹似乎瞭若指掌。

「呃……我和詠樂常常在這附近散步。我去車庫拿個東西，一回來她就不見了。」

「嗯，就是在這裡嗎？」雷一義拿起他的小記事簿記錄下來。

周秀樹別過臉去看著窗外，語氣有點沮喪。「我居然讓詠樂在我面前失蹤。」他難得顯出軟弱的一面。「路伯伯不知道怎麼想……」

雷一義說：「現在最重要的是把人找到，不要白費力氣在沒用的事情上。咦！……前面就是路家嗎？這麼近啊！」

周秀樹去按了門鈴，鵝黃色的燈光灑在牆面，低調又沉穩的大門發出細微聲響，以優雅的姿態向內滑動。

周秀樹領著雷一義穿過寬闊的庭院，然後脫鞋進入室內。前來迎接的傭人制止了周秀樹，「路先生要單獨跟雷警官談。」

雷一義跟著傭人通過天井，進入走道盡頭的房間內。

隨著房門開啟，國會議員路景川的身影從門縫中透出來，看起來正遭受重大困擾。

舉凡特別重要的事情，路景川都在那個房間解決。他曾經說過那個房間能給予他安全感和力量。

周秀樹知道的是那個房間有特別的保全和密室。

門碰地關上，雷一義坐在專為客人準備的藤椅上，這間書房寬敞得超乎他的想像。

整個房間靜得只聽見兩人的呼吸。

路景川，大概五十多歲，看起來仍然英挺，精光炯炯，略呈灰白的頭髮沒削弱他帶給別人的壓迫感，反而更有效塑造他的威嚴。

路景川像是考慮了很久，才說：「雷警官，我有一個私人的請求。」

「請說。」雷一義略帶慎重地回答，他已經有心理準備承擔接踵而來的壓力與責任。

「我希望能實質上撤銷對詠樂的搜尋。」

「什麼？」雷一義嚇了一跳，摸不透路景川的想法。

「這個案件警方只要作出形式上的努力就可以了。」

雷一義被惹惱了，「我辦案從來沒有『形式上』這回事。」

路景川嘆了一口氣，「對不起，我還是希望雷警官可以破例。」

雷一義突然懂了，依他多年在警界的經驗，的確會有這種事發生。「請恕我直言，路先生是打算自己私下解決吧！綁匪的電話已經到了嗎？」

路景川如釋重負地點頭。「是的。」

「路先生不認為交給警方處理是正確的作法嗎？」

「這不是一樁普通的綁架案。」

「嗯哼？」雷一義眉毛挑了挑，看來路家有些不可告人的祕密。

「我不認為警方可以處理。」路景川斬釘截鐵地說：「不，你們找不到她的。」

「這個案件還是交給警方調查比較……」

「不必，這次我會澈底解決。」

路景川像是變了一個人，泛起詭異的笑容，讓雷一義看了發毛。

雷一義一直想不通路景川笑容的含意，懷著鬱悶的心情出去。

周秀樹馬上過來他面前，雷一義拍拍他的肩膀說：「我們路上慢慢談。」

周秀樹坐上雷一義的車子，影和蝕衣輕巧巧地藏進後車廂偷聽他們談話。駛離路公館大約十分鐘路程的地方，雷一義開始描述他和路景川見面的經過。他邊開車邊慨嘆。「路景川給我碰了根釘子。」

「釘子？那是什麼意思？」蝕衣小聲問。「有人拿釘子丟他嗎？」

「意思是路先生拒絕了雷大叔。」影加以解釋。事實上剛剛在路公館，他和蝕衣就埋伏在路景川書房旁邊，專為人類設置的安全系統對獵夢者沒有作用，他們伏在窗邊偷聽到全部談話。

「路先生希望我們警方做做樣子就好，他要自己解決。」雷一義突然談起他和路景川交談的內容。

「嗯。」周秀樹的語氣並不驚訝。

「你不覺得奇怪？」

「終於到了這個時刻，她把人帶走了。」周秀樹的話也很奇怪，看起來也在籌劃著一些事情。

「這個案子我不會放棄的。」雷一義精力充沛地說。

周秀樹在地鐵站下車，獨自步行回家，他的神情高深莫測，和面對雷一義的拘謹模樣不同，多了幾分陰沉。

影和蝕衣跳上屋頂，悄然跟在周秀樹後頭，一路跟著他回家。

周秀樹進入書房，從抽屜拿出一串東西，像是珍珠一樣閃閃發亮，那是遺骸。不知是誰的，卻必然是獵夢者的遺骸。

影本來想捂住蝕衣的眼睛，不讓她看見，才想到她去過噬夢族的巢穴，目睹那一場大戰，區區一個遺骸根本不算什麼。

周秀樹觸摸遺骸，試圖讀取遺骸留下的信息。

只可惜那個遺骸是空的，他讀取不到任何資料。

城市的某一角，名牌旗艦店櫛比鱗次座落在這條充滿綠意的街道。雷一義坐在私家車裡，嚴密監視一個藍色大樓，叫作廣場百貨，是最近才開幕的百貨公司，很多年輕人逛街約會的地方。

雷一義守在這裡當然是為了綁架案。新聞上一點消息都沒有，全部都被路景川壓下去了。不過警方接獲線報，路景川要在這裡跟歹徒交付贖金。

仔細想起來，線報來源他並不確定。在這個案子之前，他正在追緝一個殺手的命案，嚴格來說是兩個，不過他們共用一個名號，業界稱他們為雙胞胎。

雷一義抽菸打發時間，一邊盯著那些在路上嬉鬧的年輕人，一邊思索案情。他沒有等太久，從廣場百貨走出一個女人，雷一義眼睛一亮，腦袋開始運轉，目標出現了。

即使早就在報紙上見過這個女人的美貌，雷一義仍然看直了眼睛。

唐如實在是個令人驚嘆的大美人，雖然也有人批評她品味低劣，但真的很美。

正因如此，她才有資格擔任國會議員的情婦。

今天對唐如而言是諸事不吉的日子。她剛剛跟路景川通過電話，聽到路詠樂被綁架的消息，令她煩悶得不得了。

唐如就像是絕大多數的情婦，對路詠樂這個大小姐感到頭痛。路詠樂常常毫不客氣地諷刺、羞辱唐如，藉以替自己的母親報一箭之仇。

所以當路景川告訴她，綁匪希望能由唐如送交贖金的時候，唐如全然無法接受。

她這個情婦終於在路夫人死去幾年後得以扶正，下個月就要舉行婚禮。路景川的前妻王靜芝是有名的學者，發表過許多不得了的論文，同時也主持一個研究機構。她本身就是出身高貴的千金大小姐，甚至有許多人認為是議員高攀了她。

雖然路夫人在世時，唐如就已經開始和路景川偷情，但路景川基於政治考量，從來沒想過要和王靜芝離婚。

他們的婚姻會破裂，主要還是由於那個不幸事件。路夫人誕下一對雙胞胎，裡面的男嬰是個死胎，存活的女嬰就是路詠樂。路詠樂是多重人格患者，路夫人一直認為不幸死亡的男嬰活在姊姊的意識裡，為此做了許多研究，最後卻意外死於墜樓。

陽光灑在廣場百貨一樓前方的露天咖啡座上，洋溢著異國風味的悠閒。唐如對這份悠閒、這片陽光都煩悶不已。

街道上的人不多，唐如這樣的美人坐在那裡，顯得十分賞心悅目。雷一義攤開報紙假裝打發時間，實際上他一雙眼睛沒有離開過唐如，監視著她的一舉一動。

影和蝕衣躲在樹叢後面。人類有句話說，螳螂捕蟬，黃雀在後。大概就是每個人都以為自己是黃雀，其實卻都只是一隻蟬。

一發子彈砰地射穿唐如的頭，她的臉從驚訝到蒼白，軟趴趴地掛在造型高雅的咖啡椅上，呈現一種莫名其妙的後現代風格。

隨著服務生高亢的尖叫，雷一義飛快步飛奔過去。

周秀樹從速食餐廳二樓跑下來，氣喘吁吁，無意識揮著手。他盯著唐如的屍體，只是喃喃重覆著一句話。

獵夢者的聽力足以聽到十公里外蜜蜂振翅擺動的聲響，就算蹲在樹叢後面，影還是能知道他說了什麼。

「她殺了她！」周秀樹一直重覆說著。

這句話很奇怪，「她」是誰？周秀樹知道凶手。

也就是說，他沒忘記，周秀樹記得所有的事。

「她死了。」雷一義宣布，拿起對講機向警局請求支援。

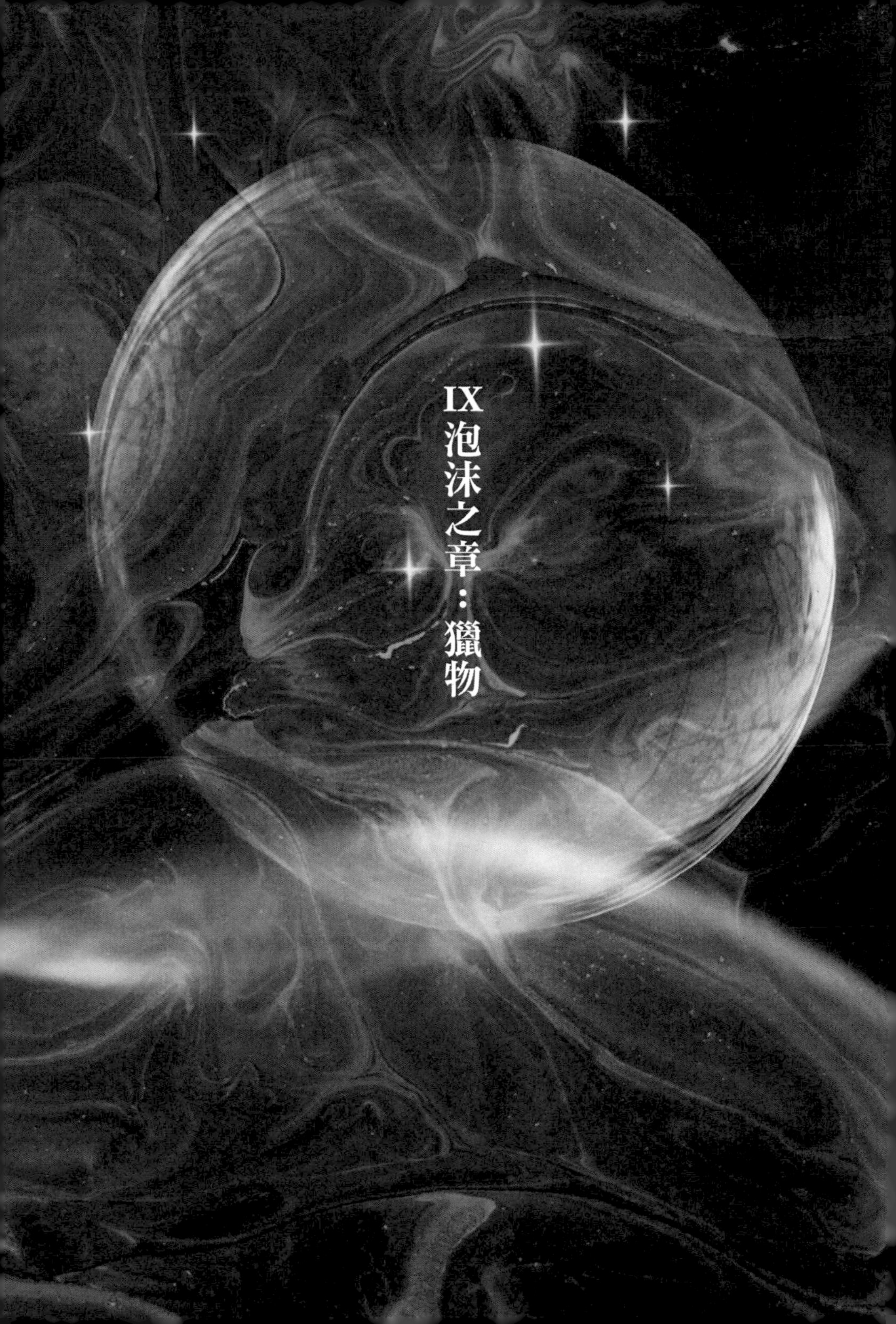

IX 泡沫之章：獵物

足以聽到十公里外蜜蜂振翅擺動的聲響只是粗略的說法，獵夢族每個人的能力不大相同。小孩子的聽力還沒發育完全，蝕衣目前還跟一般人類一樣，至少看不出她有這方面的天賦。

「不知道他在說什麼？」她看準了五公尺外那個欄杆，蠢蠢欲動，試圖想靠近一點，好讓自己聽得更清楚。

「她殺了她。」影直接宣布答案。

「什麼？」

「她殺了她。他說的就是這句話。」

「我不明白，這是什麼意思。」影不意外，不過他才剛決定不要想到什麼就說什麼，會妨礙小朋友的正常發展。

「意思是他知道凶手是誰。」

呼嘯而來的警車拉起封鎖線，雷一義在對街的人行道找到凶槍，小心翼翼放入證物袋。大批人馬調閱監視器，搜查商店，影和蝕衣在封鎖線的樹叢後一起被捕獲。

「怎麼又是你們？」雷一義無奈地看著他們，之前砸爛的東西都還沒清點列帳，身上的瘀青也還痛得不得了。

根據警方推測，子彈直接命中唐如的頭部，死因顯而易見。

凶槍就在對面人行道的樹叢裡，如果樹會說話，應該可以告訴他們凶手的真面目。

變成一宗殺人命案後，不顧路景川議員的個人意志，警方光明正大介入調查。歹徒的目的顯然不是金錢，綁架路詠樂可能只是手段，最終是為了謀殺唐如，還是另有別的目的？

考量到這一點，就連原本的受害人路詠樂也可能是嫌疑犯。

雷一義在偵訊室瞪著影，他們再度回到這個小房間。氣氛凝重，不過影這次沒有戴著手銬，因為雷一義知道手銬對他們起不了作用。

「你們在那裡做什麼？」

「只是路過。」影一本正經說著自己也不相信的話。

雷一義挑著眉毛，說：「原來如此，路過？」

「影，你這樣說他不會相信。」蝕衣急著插嘴，好像沒發現他本來就不期待雷一義相信。反正他們會忘記。對了，現在這句話也不能說，免得蝕衣拿來當成胡作非為的藉口。

「小妹妹，那你打算說出實話囉？」

「是呀。」蝕衣一臉無害小動物，雷一義摸了摸臉上的瘀青。她人雖小，力氣挺大的，幾個警察都制服不了她。

「我們從昨天開始跟蹤周秀樹……」影剛喝下一口水，聽見蝕衣這麼說差點噴出來，劇烈咳嗽了一會兒才平靜下來。

「你們跟蹤周秀樹做什麼？」

「當然是覺得他可疑。你希望我這樣說吧。答錯了，因為他的眼睛比較亮……。你到底相不相信我說的話？」

影頭痛起來。這傢伙，他講的五個條約和五個例外她根本沒在聽！在重獲自由以前，他一定要撐下去。

雷一義轉身面對影。「你說你們只是路過，然後呢？」這個男人比較正常。

「喂，我剛剛說過了，你根本沒注意聽。我們不是路過，因為周秀樹的眼睛比較亮，所以我們跟蹤他呀。」蝕衣吵鬧著。

「比較亮是怎麼回事？」雷一義放棄抵抗。

「就是……比較亮。」蝕衣詞窮，向影求救，影根本不想說話。

「那有比較暗的人嗎？」

「很多人……其他人都比較暗。」

雷一義側著頭看向同僚，他看不出所謂的暗與亮。原來如此，蝕衣大概是精神病患者。他以憐憫的眼神看著影，決定先順著她的話說，以免加重她的病情。「周秀樹是亮的，其他人都是暗的嗎？」

「不，太多……，你們很多人都是亮的，大叔，你也是亮的。你、周秀樹，還有那個許俊治。」她如數家珍。

「這樣很奇怪嗎？」雷一義不經意摸了一下額頭，想確定她指的不是髮際線。

「很奇怪，對吧？影。」其實她也不確定。

「哪種情況？很多人都是亮的？那通常有幾個？亮的人有幾個？」

「一個。」影終於開口，蝕衣的做法也許是對的，他就該快刀斬亂麻，繞來繞去只會浪費時間。

雷一義站了起來，他一個字也不相信。

「看來，我只好證明給你看了。」影快速揮動右手，指尖在左手掌心劃過，一道傷痕湧出血來，銀灰色帶著珍珠的光芒，成串滴落在地上。

雷一義臉色大變，腦袋一片空白，人類不會有銀灰色的血液，這個人到底是什麼？

「你們最好把刀還給我。」影說。

一陣陣冰涼的寒氣從外面吹了過來，有東西正在逼近他們，受到獵夢者鮮美的血液誘惑而來的怪物。

雷一義還沒反應過來，忽然間地面震動，他走出偵訊室。轟隆一聲巨響，警察局的水泥牆應聲倒塌，一隻龐然大物出現在眼前。

雷一義向後退幾步，臉色慘白，不少人朝怪物開槍射擊，怪物仍毫髮無傷迎面而來。

一根矛爪竄了過來，影及時把雷一義撲倒，兩個人在地上滾了好幾公尺。偵訊室的牆被怪物矛爪貫穿，砰地一響，雷一義開了一槍。

蝕衣差點被矛爪釘在牆上，她的腦袋一片空白。

「那……那是什麼？」雷一義直打哆嗦，這怪物足有兩個人高，四肢跟大蜥蜴一樣粗壯，看起來一掌就可以把人拍死。

「你們殺不死牠，動作快！蝕衣！」影到證物室拿回自己的武器，把蝕衣的刀丟給她。

就在這時碰隆巨響，又一個龐然巨物降落在屋頂，整個警察局都在搖晃。

一名警員面無人色指著屋頂，「上……上面！」那巨物一拳打穿屋頂，展翼向他們撲來。

影拔出雙刀，正打算大打一場。從屋頂下來那隻翼族被先來的獸族撞倒，兩個龐然巨物扭打在一起，把警察局裡面撞得稀爛。

影拉起雷一義，帶著蝕衣向警察局外面逃離。

「我們走！」

「不行！我不能丟下我的同事！」雷一義掙脫他，大叔頑固起來力氣也是不小。

「你以為他們是為誰來的？你想把警察局毀掉，就留下來好了！」

不遠處的街道上又有一隻獸族奔行過來。親眼看見這些超出常識的事情，雷一義不得不跟著影他們從路口逃竄出去。

雷一義跑得氣喘吁吁，卻仍然追不上他們兩個。那隻獸族追到他們身後，揚起矛爪揮向雷一義。影回頭一個跳躍朝怪物砍下，那一刀砍在鱗甲上，只劃出一道淺淺的凹痕。

影被矛爪攫住，不用一個眨眼就會被活生生撕裂。雷一義開了一槍，子彈擊穿怪物的鼻甲，噬夢者向後倒下，影才脫身躍下地來。

那怪物有點奇怪，牠的瞳孔變成死灰色，好像是死了。

「影！」蝕衣大叫，又一個翼族在天空飛翔。沒時間了，他們奔向港口那排倉庫，拉起一道鐵扣環，雷一義和蝕衣躲進去，影一躍而下，將扣環蓋上鎖住。

裡面是一個小房間，有一張上下鋪的床，還有一些食物和水。蝕衣開了包科學麵壓驚，雷一義不得不承認香氣十分誘人。

一個翼族降落在倉庫附近，徘徊了一會兒，不過沒發現他們。

「這裡是什麼地方？」雷一義問。

「避難所，也是我們睡覺的地方。」影淡淡地說。

獵夢者使用一種特殊型態的睡眠，為了和造夢者一起作息，不使造夢者疑惑，在泡沫裡會進入一種類似假寐的睡眠方式。然而，真正的睡眠是在任務結束之後，獵夢者的休眠可以持續很久，通常以半夢年或一夢年為期。

這個泡沫的噬夢族數量太多，避難所可以保證安全，在地底下噬夢族追蹤不到他們的氣味。

「你殺了一個噬夢族。」影說。

「我看你攻擊牠們的鼻子就照做了，那地方果然是牠們的要害。」雷一義得意洋洋。

「牠們在你眼中是什麼樣子？」

「就是怪物，還能有什麼樣子，不就是站起來的大蜥蜴嗎？」

「牠們通常會作完美的偽裝，以你們最害怕的形象出現，可能是人，也可能是動物或鬼怪。大叔，你大概是什麼也不怕，才能一開始就看見牠們真正的模樣。」

「那我們警察局的同事……」

「你放心，他們很安全。有我們這些好吃的東西在，他們不會被吃掉。」

「什麼吃掉？誰、誰要吃掉我們？」雷一義臉色蒼白。

「你也看見牠們大打出手，當然是為了食物。你大概很懷疑為什麼是你……」

「因為……我比較亮？」

「沒錯。」他總算明白了，影難得笑了一下。

「接下來怎麼辦？」雷一義一攤手，可不能讓這些怪物在街頭橫行。

「先去搜查路家。」影說，他現在知道這個泡沫的事情是從路家出來的。

「那些怪物是從路家出來的嗎？」雷一義則是很狐疑，路家雖然是國會議員，那種東西不像是人類可以豢養的。

到了晚上，影他們三個從避難所出來。人類的保全系統對獵夢族不起作用，影輕而易舉弄來一輛堅固的進口跑車，希望它的外殼能擋下噬夢族一擊。雷一義看到跑車，心裡登愣跳了一下，未免也太惹眼了。

這可是毫無搜索令就侵入民宅，上級追究下來就糟了。

蝕衣拿著一包科學麵，若無其事坐在後座。

雷一義打開副駕駛的門坐了進去，忍不住感嘆。「真是好車啊！我八成連貸款也付不起呢！」

「請問……」蝕衣舉手發問：「什麼是貸款？」

「就是一種幫助人類購買明明買不起的奢侈品，藉以利用大量負債操縱別人人生的交易方式。」雷一義自我挖苦地解釋。

蝕衣繼續深究下去，問：「為什麼人類要買買不起的奢侈品？」

「喂！少說得一副你與貸款無關的樣子。」雷一義終於發怒了，蝕衣不敢再說話，心想雷一義大概背負了不少貸款。

「蝕衣，貸款這種東西常常會出現，你也要弄懂！」影趁機實施機會教育，泡沫裡面時常會出現貸款。「貸款的種類有很多種，甚至有人利用貸款付學費。這種情況下，就算付不起，但是……

不學習是不成的吧！如果沒有助學貸款，就無法順利就讀，以後生活都會有問題。所以某方面說起來，貸款算是給人們一種較寬裕的生活方式。世界不再因為買得起或買不起明顯出現一條無法跨越的鴻溝。」

「不要跟她說那些啦！」雷一義一邊吃飯一邊抱怨著，「我看她八成是哪裡走丟的千金小姐，完全不會懂啦！」

「現在我懂了啦！」蝕衣縮回座位，嘀咕說：「千萬不要在有貸款的人面前提起貸款，否則下場會很慘。」

車子停在路邊，他們從牆上翻進去。人類住家的牆對影和蝕衣都不是難事，雷一義滑了一下，似乎是閃到腰，啊啊叫了起來。

蝕衣趕快捂住他的嘴巴，影聽了一下附近的動靜，說：「好像沒有人在家。」

影喀地一聲就開了門，一旁是細水潺潺的日式庭院，庭院裡的一口石盆溢出水，打在周邊的荷葉上，落在布滿整個庭院的淺池子裡。就像是日式旅館的巧妙造景，綠意盎然地點綴這個家。

「等等，這是什麼？」雷一義的手電筒光掃過一個房間，赫然看到一些奇怪的物品。

那是一個十坪大的房間，地面鋪設高雅的櫸木地板。單人床邊架設著大象圖案的護欄，床鋪疊著小男孩的衣物，男孩的鞋子凌亂地擱在門邊，一腳朝上，一腳朝下翻轉過來。

房間的正中央是一組早已沒電的搖控汽車組，外型十分復古，旁邊散落著火柴盒大小的小汽車。的確是男孩子的房間，而且還曾有人住過。

「只是個小男孩的房間。」影說，不知雷一義大驚小怪什麼。

「路家沒有男孩，這裡只有路景川和路詠樂兩個人住，怎麼會有一個小男孩的房間？」雷一義拿起小記事簿確認。

「說得沒錯。」影說。他想起那個被推下意識長河的魅，魅不會無中生有自己出現。那個小男孩被意識長河吞沒以後，來到月芽的神龕，等月芽儲存在神龕裡的東西化為塵埃，他又會流浪到下一個地方。

影問：「路家真的沒有男孩嗎？會不會曾經有男孩子住在這裡？」

雷一義說：「沒有。我曾針對這一點調查過，路小姐是獨生女，路家確實沒有男孩。不過……」雷一義的表情黯了下來。「路夫人——也就是路小姐的母親，聽說她懷的是雙胞胎，結果男嬰是死胎，只有路小姐平安活下來，會不會是因為這樣……」

結果家裡還是布置了一個男孩房。

雷一義繼續說：「路小姐是女孩子。聽說她出生的時候，因為死的是男孩，讓雙親傷心不已，不知道跟這種事情有沒有關係。」

「但是這個男孩有生活在這裡呀！」蝕衣拿起一個手掌大小的小相簿本，裡面是一個小男孩的生活照，男孩的長相就跟那個魅一樣。

「這就奇怪了。」雷一義說：「因為那個男孩，路夫人還成立了一個研究機構。」

「你知道那個研究機構的狀況嗎？」

「你覺得呢？只知道一定跟精神疾病有關，路夫人是精神科醫生，也是這方面的傑出學者。」

精神病？周秀樹說過他研究的是核桃殼裡的東西，影最近才想通，這是一條隱喻，核桃殼裡的東西指的就是人類的腦部。

他想到許長治的小紙箱，裡面有一張印著核桃圖案的卡片。

「那個研究機構的資料在哪裡找得到？」

「誰知道！」雷一義說：「不過我們可以搜查路夫人的書房。」

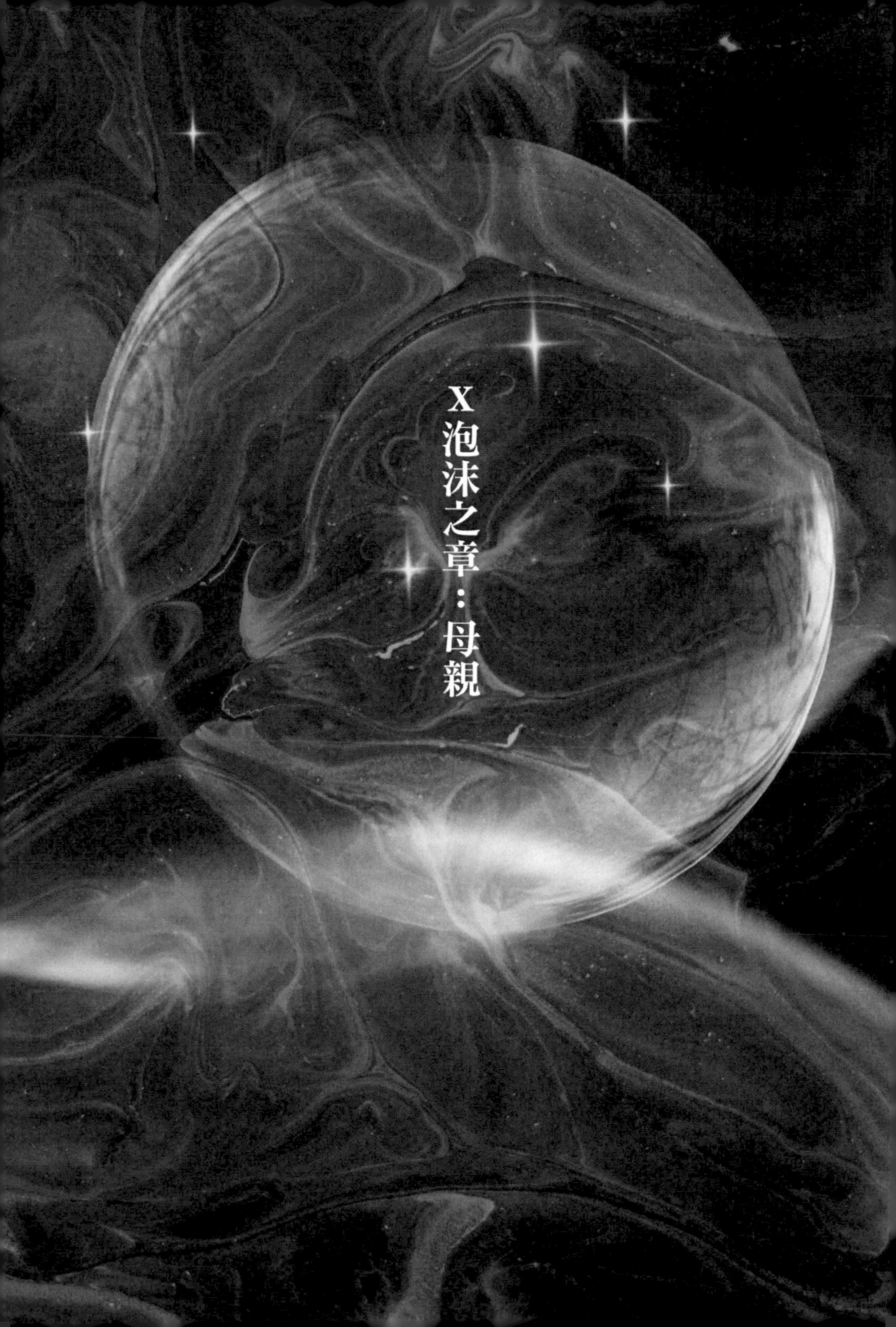
X 泡沫之章：母親

這棟建築在路景川書房的相對位置有一個可疑的房間。他們偷偷摸過去，發現這個房間的窗戶緊閉，裡面的窗簾密不透風，從外面一點也看不出房間裡面的狀況。

「這個房間一定有祕密。」影說，不管是不是路夫人的書房。

雷一義一馬當先從房間相鄰的露台翻進走廊，雖然樣子有點狼狽，至少這回一次達陣。想開房間的門，卻發現門上沒有門把，用力撞也撞不開。

「這個門從裡面焊死了。」雷一義皺著眉，這房間如此神祕，他更好奇起來。

影躡手躡腳過來，往門上大力一推。雖然他領取的徽章不是力量，不過成年獵夢者能使出的力量是人類的好幾倍。這扇門依然紋風不動，影觀察了一會兒，果然門是封死的。

封死的材料是晦澀的意識，他還在思考這件事情，車庫忽然傳來了聲響。蝕衣在外面把風，悄悄過來說：「路先生好像回來了。」

「糟了！」雷一義神情緊張。「我們趕快出去！」

影依然盯著那個門，一動也不動。「喂！」雷一義用力拉他，卻也拉不動，他的手像一塊石頭，觸感有點冰涼。

影總算回了神，跟著雷一義從露台的窗戶跳了出去。

三個人一路躲躲藏藏回車上，雷一義急忙駛離現場，連車燈也不敢開。

「其實我們沒必要這麼緊張嘛！」蝕衣聳聳肩，那些人眼睛的亮度不夠，發現了又怎麼樣，反正又對付不了他們。

「不行！我們沒有搜索令，擅自闖入是違法行為，要是被上面知道就糟了。」雷一義斬釘截鐵地說。

影坐在旁邊副駕駛座，臉朝著窗外，像是根本沒聽見他們說話。

「影，你怎麼不發表意見？」蝕衣問的這句話，影依然沒反應，她拍了拍他的肩膀。

「什麼事？」

「你怎麼不說話？」

「……我感覺不到門後面的狀況。」獵夢者的知覺比人類還要敏銳，即使隔著一道門，也可以藉由碰觸門得知另一邊是否有危險的氣息。

他摸著那扇門，卻什麼也感受不到，像是黑洞。黑洞連光也能吞噬，看起來才會是一團黑。那扇門後面有類似的物體，知覺的黑洞可以讓所有事物不被感知到。

「所以我想……」影很猶豫，他沒有信心。「月芽可能被困在這種地方，母體才感覺不到她的存在，畢竟我們沒找到遺骸。」

這下換蝕衣沉默了，她早就發現影的心頭一直縈繞著這件事情。她不知道他說的有沒有可能，她對這個世界根本還一無所知。

不論是生是死，影從來沒有一天忘記月芽。他會花上漫長的時間尋找她，哪怕只有一點點可能。

回到避難所，影手臂上的傷又滲出血來。銀灰色點點的光亮散布在紗布上，在黑暗中看起來特別顯眼。為了怕再度引來噬夢族，影勉強接受蝕衣用優碘塗抹傷口。蝕衣為他再處理一次傷口，並且更換了紗布。

「喂，我們遇到的那種怪物一直在市內橫行嗎？」雷一義光想到這種可能就不寒而慄。

「要是食物不夠，牠們當然也會離開。」很遺憾地，這個泡沫的食物少見地充沛。

「食物就是指我們嗎？」雷一義焦躁起來。「這樣不行，我要回家一趟。玉玲和明美都還在家裡。」

「她們是暗的吧？不是什麼重要的人，你留在這裡，我們才能一起想辦法。」蝕衣忍不住插嘴。

「廢話少說！什麼暗的亮的！她們是最重要的！」雷一義一邊說，一邊爬上梯子，拉開避難所通往外面的小門。「我現在就要回家，把她們救來這裡。」他不顧一切地行動，蝕衣張著嘴，不知道該說什麼。

影則是一句話也不說。

要是月芽曾經給過他這個機會，他一定也要這樣做。他的心裡有個地方羨慕起眼前這個男人。

雷一義的家是位在市郊的一棟公寓，管理完善，學區也是一流的，不用說，當然讓雷一義背負了不少貸款。

就算是警察穩定的薪水也要全力節省才能支付生活在這裡的花費，另一半作為中學教師，大大分擔雷一義的壓力，而且教育和家務等事，妻子也打理得十分完美，從來不勞雷一義操心。

「爸爸，你回來了。今天好晚！」高中快畢業的女兒明美貼心地幫他送上熱茶和毛巾。

家裡一派如常若無其事的樣子。附近街道也沒有房屋受到損害，雷一義搔搔頭，這下子要怎麼跟老婆女兒說要去避難？

「是啊！去調查一件奇怪的案子。明美，學校怎麼樣？」雷一義用過毛巾，喝了杯茶，決定走一步算一步。

「很好啊！雖然現在功課很忙，沒時間聊天說話，不過同學都很好相處。」女兒的兩道酒窩讓雷一義想起妻子玉玲的青春時代。他和玉玲算是某種程度的青梅竹馬，玉玲家開了一間雜貨店，和他家在同一條街上。大概是國中的時候，那時候流行男女分班，他們一夥男生看到綁著兩條辮子的國中女生，就像是發現稀有動物。最好的目標當然就是雜貨店的玉玲。她下課後總在店裡幫忙，他們去買零食、泡泡水、枝仔冰，不忘捉弄玉玲。玉玲生氣起來用力罵人的時候，兩道酒窩紅得跟蘋果一樣。

「明美有男朋友了嗎？」雷一義突然問起這件事。

「唉呀爸爸真討厭！」明美紅著臉說，拿著一盤水果過來。

雷一義看著可愛的女兒，咕噥著：「女孩子明明就很好。」

雷一義坐到電腦前，在搜尋條件裡鍵入「路景川」、「男孩」兩個詞彙，結果並沒有出現任何小道消息。再輸入「研究機構」，漫無章法的搜尋結果裡，出現一則值得注意的消息。

路王精神研究中心徵求專業人士參與實驗。

雷一義看見「專業人士」四個字，腦袋裡的雷達響了起來。有一種人做的生意不能公開，也被稱為專業人士，那就是殺手。比如說，他追緝過的「雙胞胎」就是其中佼佼者，聽說還有另一個也很受歡迎，叫作「扳手」。

文字說明顯示，需要專業人士參與製藥實驗，完成實驗的人將可獲得優渥獎金。網頁上沒有說明所謂的優渥獎金數額，想進一步了解實驗內容，連結都已經失效。這個網頁應該只是一個入口網頁，是工程師忘記移除的片段。

雷一義進一步搜尋路王精神研究中心，大部分都只是概略的報導，只知道主持人是王靜芝醫師，也就是已經死去的路夫人。其他網頁都指向剛才那個連結，也就是說，他沒有辦法得到進一步消息。

雷一義鬼使神差地在搜尋條目裡鍵入「周秀樹」三個字，終於看到一個令他吃驚的條目。他正喝著茶，由於太過驚訝，還差點把茶杯翻倒。

那是一篇論文。

〈多重人格障礙之狀態與治療〉，第一作者周秀樹，後面掛名的指導教授是王靜芝。

原來周秀樹曾經在這個研究機構工作，「多重人格障礙」又是什麼意思？

昏暗的巷道帶著水溝的腐臭，周秀樹從藏身處出來。便利商店的電視新聞播放警察局被恐怖分子破壞的新聞。主嫌的行動被監視器完全錄下來，畫面裡面是一個二十多歲的男人，周秀樹不認識他，但是他銀灰色的瞳孔似曾相識。

他沒有閒情逸致去探究別的事情。一發現來到這裡，沒有回到現實世界，許俊治就對他開了一槍，幸好那時他精神不穩定，沒有擊中。二人分道揚鑣，他只能獨自找尋出去的路。

他們醒來的地點在港口附近，周秀樹躲藏了幾天，路詠樂找到他。

「你答應我的，終於來了。」

聽見她這麼說，周秀樹不明所以，路詠樂拿出一疊資料給他。「媽媽的書房被她封死了，我只搶救到這些。」

「你的母親……，我應該認識嗎？」

「你當然認識，她是你的指導教授王靜芝教授，你們整個研究計畫都是根源於她。我是路詠樂，你是為了救我才來到這裡。」

王靜芝教授，他聽過這個名字。

「你先看完這份資料就會明白。」路詠樂指著她給周秀樹的那疊文件。

周秀樹花了幾個小時把那份資料看完，由於他是一個精神科醫生，文件裡面的專有名詞並不陌生，主題是有關多重人格障礙的治療，他在許多頁面見到自己的親筆簽名。

這份文件無疑是他寫的。

「你剛才說，有人把這些資料封起來，那個人是誰？」

「也是路詠樂。」路詠樂笑了一下，表情略帶詭異。「她是個徹頭徹尾的瘋子，不可理喻。她對媽媽懷恨在心，對你也是。她讓媽媽自殺，自己又很難過。」

「我答應過你什麼？」

「我跟你求救。她太強大，我是最後一個。所有人都被她驅逐了，你答應我會解決她。」

「我……答應你會解決她？」周秀樹需要一點時間消化這件事。「她在哪裡？」

「我不知道，她不在這裡。」

現在路詠樂被帶走，囚禁在某個地方，下手的是路詠樂另一個病態人格。她是這裡真正的主宰，想把所有人都困在這裡。

這段時間他梳理出事情的脈絡，也發現一些新事物。比方說，只要處在某種特殊的情緒，他想要什麼東西都可以出現，對那樣物品越熟悉就越容易。

至少周秀樹弄清楚許俊治當時那把槍是怎麼來的了。

他走到一個不惹人注目的地方，一個眨眼，一台車子就出現在他面前。

他坐上駕駛座，發動引擎，他還記得那個實驗室該怎麼去。必須再操作一次睡眠艙找到路詠樂，不只是一個，還有另一個。

一個女人出現在路的中央，周秀樹緊急煞車，輪胎發出嘎地一聲長鳴。

他認得那個女人，是他的母親，他這輩子最恐懼的夢魘。光是看見她，周秀樹就冷汗直流，僵硬到無法動彈。

她不是已經死了，怎麼會出現在這裡？

他沒有對任何人說過他的童年，幾乎沒有人知道他是家暴倖存的孩子。一次次被揍，藤條、椅子，只要媽媽喝醉就注定不得安寧。她用難聽的話咒罵他，說他是不該出生的孩子，毀了她的一生。一直到了十歲，母親死於某個寒冷的冬夜，周秀樹終於解脫。

他被送進孤兒院才開始受到正規教育，他只敢安靜地躲在角落，第一個溫柔地跟他說話的是剛好來拜訪的路夫人。孤兒院是議員資助的慈善機構，路夫人時常過來參加活動，每次見到角落的周秀樹都會跟他多說幾句話。那年聖誕節她送給院童聖誕禮物，周秀樹得到一台遙控車，那是他第一次擁有玩具。

他不停玩著那台遙控車，幻想是母親送他的聖誕禮物。

周秀樹盯著逐漸逼近的可怕母親，什麼都想起來了。他沒有當上醫生，而是追隨路夫人的腳步攻讀精神醫學，成為路夫人也就是王靜芝教授的研究生。

精神研究中心建立時，他理所當然成為一分子，他是裡面最突出的研究員，日以繼夜地工作。「我們研究的是核桃殼裡的東西。」路夫人是這麼說的。

不過他知道這個精神研究中心的目的只有一個。

治好路詠樂，路夫人的獨生女，一個重度多重人格障礙患者。

某一年的冬天，路夫人死在廣場百貨旁的巷子裡。周秀樹比誰都傷心，關在研究室裡停不下淚水。他接下研究中心，繼續治療路詠樂，因為這是他唯一能為她做的。

直到有一天，路詠樂的一個人格告訴他，路夫人是被逼自殺的。

猙獰的母親用力打破車窗，手伸進來掐住他的脖子。周秀樹一動也不能動，逐漸喘不過氣。快要失去意識前，一把刀削下母親的鼻子，母親瞬間沒了力氣，向後倒在地上。一團光霧罩在母親身上，她的手隱約出現了鱗甲。

「你真是不會反抗耶。」蝕衣一邊說，擅自坐進周秀樹的車子裡。那個銀灰色瞳孔的男子也從副駕駛座進來，刀刃還沾染著鮮綠色的不明液體。

周秀樹驀然回神，用力踩下油門，車子全速向前。不知道開了多久，他又急停煞車，下了車就在路邊嘔吐起來。

蝕衣張著一雙眼睛，不知怎麼回事，正想開口問，影的聲音從前方傳來。「噬夢者會以人類最恐懼的形象出現，他看見了可怕的東西，瞬間奪走了他的思考和行動能力。」

周秀樹回到車上調整了一下呼吸，才有辦法再度向前行駛。

「你還記得我嗎？」影問周秀樹。

「我全都想起來了，雖然有些部分很模糊，好像只剩下一些記憶的碎片。」

影抿了下嘴唇，總不能如實告訴周秀樹失憶的原因，誰叫他當時需要食物。

周秀樹說：「至少現在我明白來這裡的目的。」

「你下一步打算去哪裡？」影問。

「我的實驗室，裡面有睡眠艙。」

十幾分鐘後，周秀樹不得不把車子停下來，不是因為抵達實驗室，而是路的盡頭竟是一片茫茫大海。

海風帶著鹹味吹拂過來，柏油路直直伸入海裡，浪花的細沫湧上退下不斷拍擊，附近沒有路燈，要是在視線不佳的夜晚說不定會直接掉進海裡。

影拉住周秀樹。「這是意識造成的海，會把我們吞沒。」

「要是被吞沒另一個我會怎麼樣？我是指在現實世界的那個。」

「雖然有時空遲滯，但你要是死在這裡，被意識洪流吞沒，他也會死。而且……你沒回去，他永遠不會醒過來。」

周秀樹憤恨地對著這片大海，「這麼說我的實驗室消失了？」這也不奇怪，那個路詠樂在這裡什麼都能做到。

「你的實驗室是灰白色的建築物嗎？」

「沒錯，你知道實驗室在哪裡？」周秀樹升起一絲希望。

影指著前方那片蔚藍的遠處，「在海的盡頭有一座小島，一棟灰白色的建築物矗立在山頭，我想那就是你的實驗室。」

獵夢者可以看得很遠，只要前方沒有阻礙物。

他的實驗室前方有一片跨越不得的惡海，周秀樹閉上眼，一動也不動。

「他受不了打擊昏睡過去了！」蝕衣驚訝地大叫，影沒好氣，即使在這個泡沫待了那麼久，她還是不理解人類。

一定是因為她的神經系統還沒發育完全。影只能這麼想，才不會對未來感到不安。

「他只是試圖想在海上造一座橋。」

周秀樹睜開眼睛，橋並沒有出現，只多了幾根木頭，一下就被沖散，彷彿在嘲笑他。

影向前走了幾步，腳下踏到一樣東西，他蹲下去撿起來，看清楚是什麼東西以後，臉色忽然慘白，全身一點力氣也沒有。

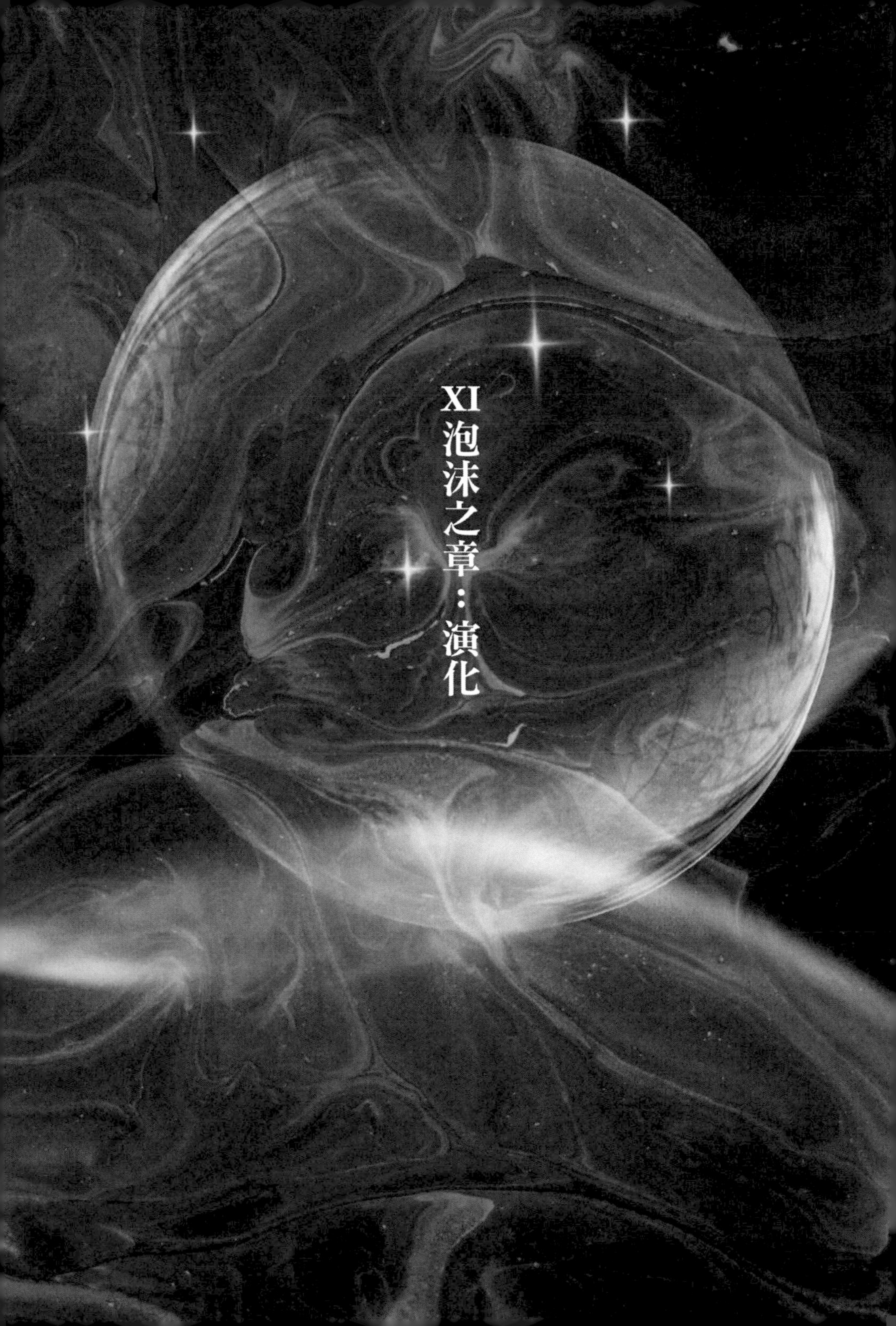

XI 泡沫之章：演化

一陣劇烈的頭痛侵襲上來。

「你怎麼了？」蝕衣著急地問。影看了一眼手上的東西，依舊頭暈目眩，那是一顆串著銀鍊的珍珠，曾經屬於月芽，名為「力量」的徽章。

獵夢者習慣將徽章賦形成別的模樣，月白色的珍珠鑲在金屬光澤的芽上，就如同她的名字，月芽。

影的徽章繫在他右手的刀柄上，如同暗影的黑曜，他想了一下，把這顆珍珠繫在左邊的刀柄上。

蝕衣知道了，一定又是月芽留下的東西。

「你們……曾經來過這個地方？」影的語調像是浸過海水一樣苦澀。

「沒有。」蝕衣搖頭。雖然月芽為了救她而犧牲，和她在一起的那段日子卻都是不好的回憶，老是不知道會不會沒命。

不是之前，那就是之後。影的目光一亮，好像抓住了一線希望。

她來過這裡，她沒有死，會在那個島上嗎？

影看著眼前的茫茫大海，海風的鹹味是思緒裡暗藏的腐臭。他對周秀樹說：「你一個人的力量不夠，我再找一個人過來。」幸好還有一個造夢者。

影和蝕衣出發去尋找雷一義，靠著獵夢者對食物的嗅覺，他們在老遠的地方就標定他的位置，隨著越來越接近，見到那一棟被噬夢者破壞殆盡的警察局完好無損在原地，他們兩人驚訝得說不出話來。

而雷一義正在警察局裡。

嚷嚷著要回去救援妻女的警官，非但沒有救出妻女，還好整以暇回到警察局繼續日常的工作。如此頑強的上班族，影不知該說什麼。雷一義埋首資料堆，見到他們兩個反倒嚇了一跳。

「你你、你們有什麼企圖？」雷一義說話居然結巴起來，看起來害怕多於高興。看來下次遇到噬夢族，雷一義會看見那些怪物以他們的模樣出現。

「你上次說要把妻子和女兒救出來。」影不得不提醒他，讓他恢復記憶。

「喔，我後來想通了。」雷一義漫不經心地說：「那就是一場白日夢，那種怪物根本不可能存在，你看警察局還不是好好的。」

熊熊火焰在影的眼中燃燒，沒見過這麼固執的人，不如就在手上再割一刀，把噬夢族全引過來算了。

雖然他也無法解釋警察局為何恢復原狀，噬夢族已經破壞過的地方不可能復原，除非……這不是原來那個警察局。

仔細一看，前方的十字路口偏移了十幾公尺，多了幾棟不要緊的建築物。原來可能是警察局的地方，以建築工地的姿態封閉起來，要是把那些遮蔽的防水布拉開，影敢打賭，裡面不是工地，而是一個殘破不堪的警察局。

影的手按向刀柄，蝕衣連忙阻止他。「不要！」生怕影又劃破自己的手把噬夢族引來。如果可以，她一點也不想再見到那些怪物。

「你們想做什麼？我警告你們！」雷一義說：「我已經知道了。你們對我下藥，那些怪物都是幻覺。我可以直接逮捕你們！」

「大叔，我必須告訴你一些事情，我所說的都是真的。」影說。

現在也管不了那麼多，月芽可能在那個島上，五個條約和五個例外只能拋到腦後。

雷一義坐在辦公椅上，抽出一根菸，說：「如果你要說的和案件相關，我可以慢慢聽你說。」

「案件？」

「路詠樂的綁架案和唐如的謀殺案。」

他要說的確實和案件有關。

「這件事和案件相關嗎？」

「雷大叔，你聽過獵夢者嗎？」

「我就是一個獵夢者。」

「你？那是什麼意思？」

「獵夢者的存在歷史悠久，不過人類並沒有意識到獵夢者的存在。因為我們只出現在夢中，協助造夢者完成任務。現在我在這裡，因為這裡出了個大問題。」

「你的意思是，這只是一場夢？」

「並非『只是』。這是一場非比尋常的夢，因為出現了一些問題，將會導致獵夢族的崩毀。所以我……和前面幾位獵夢者被派來，企圖尋求解決辦法。這……這是表面上的說法。」

「實際上的情況呢？」

「我來找一個人。」

「你也嗑了藥嗎？」雷一義的眼神帶著憐憫，影一掌打在桌上，桌子應聲碎裂。

雷一義駭然，重新意識到眼前這個人的力氣不是一般人類所能使得出來的。

影指著窗外那片工地，告訴他，「要是我帶你過去那邊，那個工地裡面是被破壞的警察局，你會相信嗎？」

「我在這裡活得好好，現在突然告訴我這只是一場夢，老實說我無法接受。」雷一義態度閃躲，抗拒著不願意過去。

影直接拎著他出去，到那塊被封起來的工地前方。

雷一義大聲呼叫支援，警察局裡的警察卻像是沒聽到，自顧做著自己的事。

「怎……怎麼會這樣？」

「他們都被控制了。」

「被控制……，是誰控制他們？」

「路詠樂。」影簡單地說：「你知道什麼情況會產生魅——用你們的術語解釋，就是人格分裂者？簡單來說，主人格是造夢者，次人格形成魅。魅類似夢境裡的妖怪，本來是不存在的，是因為主人格的妄想而產生。所以他的形式也是各式各樣，性格也不穩定。」

「你可以……說得再簡單一點嗎？」

「好，真正的路詠樂，我不知道她怎麼了。她成為人格分裂者，產生了本體和魅，然後她把她的魅驅逐出境，主人格掌控了每一層夢境。」

不，也許現實恰恰相反，一個特別強大的魅囚禁了她的主人格。

「這和我們的案件有關係嗎？」

「這個泡沫非比尋常的地方，在於它的亮度和體積都是前所未見，一個人不足以構築出這麼厲害的夢境，就算有人格分裂也辦不到。之所以會這樣，是因為這個泡沫有太多造夢者。雷大叔，你也是造夢者之一。」

「啊！」雷一義搔搔頭，說：「沒想到我也挺厲害的嘛！」

「問題的根源在於居然有這麼多造夢者共處在同一個夢境，這是很罕見的狀況。所以，也吸引了許多噬夢族，他們的數量越來越多，你繼續留在這裡只會被牠們吃掉，這就是路詠樂的目的。」

雷一義聽得頭昏眼花。「你知道嗎？我實在很想把你當成神經病，你的話聽起來就是胡言亂語。」

「我知道你不相信。」

雷一義的反應不特別讓人驚訝，人類作夢的時候，並不知道自己在作夢。不過他沒有選擇的餘地，事關月芽的下落，影打算下重手。

他向上躍起，再一刀劃下，整個工地的防水布被他割開，一棟斷垣殘壁的建築物出現在眼前，和十幾公尺外的警察局一模一樣。

雷一義啞然無語，嘴一張一闔，大口喘著氣。

這時候，一個警察從警察局喘吁吁跑過來，手裡拿著一張紙。是個二十來歲的年輕人，本來壯碩的體態卻因為應酬而缺乏鍛鍊。他是暗的。對於眼前這個半倒塌的警察局建築物視而不見，彷彿不存在一樣。

「周秀樹傳真這封信過來。」年輕員警把字條遞給雷一義，雷一義攤開來看，映入眼簾的是一排傳真號碼。「還不快追蹤這份傳真的來源！」

「追蹤過了，這份傳真是從港口發過來的。」

上面寫著幾個字：我知道路詠樂在哪裡。周秀樹。

雷一義馬上跳了起來，這個傳真比起影跟他說的所有事情都要有力量。他把影和蝕衣拋諸腦後，立刻回到警察局。整個警局的發條像是上了油，警員們忙碌地穿梭來去，雷一義桌上的電話不停歇地響起。

一個翼族不請自來，降落在警察局的前方。

盛夏的暑日，地面上結了一層冰。這傢伙是翼族，卻有獸族的四肢。從來只知道噬夢族有兩種，翼族和獸族，而沒聽說過有這種結合了兩種噬夢族型態的怪物。

這怪物腳下拖出數道痕跡，行走路徑上的所有物體，包含空氣，都在牠經過的那一剎那凝結。在牠過去之後，變成碎冰，化作一片水漬。

警局值勤的員警們看著這個怪物，本來吵鬧的辦公室安靜下來，偌大的辦公室只剩冰塊喀喇喀喇撞擊跌落的聲音。接著像是春雷一鳴，有人開了第一槍，子彈穿過那個怪物，牠沒有倒地，只摸一摸肚子的彈孔，彈孔馬上收攏癒合。所有人開始恐慌，大聲喊叫。槍聲不斷響起，對牠卻沒有任何作用。

一個警察被牠攫起，頭顱從脖頸被咬去，腦髓一向是噬夢者最熱愛的食物。

那怪物的矛爪撲向雷一義，看來比起獵夢者，牠覺得人類，也就是造夢者，更加美味。

「糟了！」

影拔刀過去，他來不及砍到鼻甲，只能斬斷那隻揮向雷一義的矛爪。

「快走！」影大叫，警察局大門被怪物堵住，蝕衣拉住雷一義往後面跑。槍聲此起彼落，除了對付噬夢族，影還要小心不被槍擊中。雖然那些人的亮度殺不了他，中槍還是會導致行動緩慢，在噬夢族就在眼前的現在，行動緩慢意味著死亡。

他們一路逃到走廊，撞破窗戶跳了出去，雷一義也手腳靈活地跟著，跌在柔軟的花圃裡。

「快走！」影拉起雷一義，雷一義揉揉屁股，踉蹌著追上他和蝕衣的腳步。

他們逃了幾百公尺，鑽入鬧區，終於停下來喘口氣。周圍購物人潮依舊嬉鬧，完全沒察覺警察局正遭遇一場激戰。

「那種怪物……就是噬夢族？」雷一義上氣不接下氣問。

「你對我說的話還有懷疑？」

雷一義說：「好，我跟著你……你們……，現在要怎麼辦？」

「到港口去，周秀樹在等我們。」影不疾不徐地說。

雷一義攔了輛計程車往港口駛去。到了距離一百公尺左右，影讓計程車停下來，從森林公園旁的小路徒步到港口去。

「你剛才說獵夢族會毀滅，我們人類會怎麼樣？」

獵夢族崩毀固然不幸，雷一義想起來卻覺得有點空洞。畢竟自古以來，人類就沒感覺過所謂的獵夢者。

「人類將不再有獵夢者保護，人類的夢將充滿惡夢與夢魘，造夢者會在夢境被噬夢族殺死，人類只要睡覺就會死。」

雷一義驚叫出來。「那不就每天睡覺都要提心吊膽。」

還沒說完，一片蔚藍的大海出現在眼前，碼頭空空如也，一艘船也沒有。

「既然到了碼頭，我們是要出海嗎？」雷一義問。

「我們要去海外的小島找周秀樹說的睡眠艙。」影只是輕輕向前指，雷一義用力睜著眼睛也看不到所謂的小島，他愚蠢又徒勞無功的樣子，讓蝕衣不小心噗嗤笑了出來。

「這裡一艘船也沒有，怎麼出海？」雷一義咕噥抱怨。

「這就要靠你們了。」影說。

「我們？」雷一義指著自己，一臉疑惑。

「對，我們。」周秀樹不知從哪兒冒出來，對著十足狀況外的雷警官說：「我們是造夢者。在這個地方，只要認真想做一件事，沒有不成功的。因為這個城市的一部分是從我們的腦子創造出來的。」

雷一義前思後想，自從當上警察，辦案如有神助，工作方面也很如意，長官偶有刁難，只要加倍認真總能得到認可，難道全是因為這個緣故？

雷一義啞著聲音問：「如果這是一場夢，我……怎麼會在這裡？」

「你是無端闖進來的，簡單來說就是個失誤。」周秀樹無情地說出真相，絲毫不在意被說成是失誤的人的心情。

雷一義練習了幾百次依然變不出像樣的船隻。這種事情越努力反而越沒效果，雷一義和周秀樹對船該有的結構一點觀念也沒有，造出的東西一推進海裡就被絞碎。

百無聊賴，影開始教導蝕衣戰鬥的方式。她年紀小，氣力也不大，根本不敢接近噬夢者。影做了弓箭給她，在遠處就解決敵人比較好。

蝕衣毫無準頭，搞得其他人很危險，只好讓她使用橡皮箭頭先練習。

影畫了個圖騰，把噬夢者的形象釘在牆上，要蝕衣儘量瞄準噬夢者的鼻甲。

「我想到了，我以前捉過一個搞走私漁獲的。」到第四天，精疲力盡的雷一義忽然冒出一個想法。「我把他變出來，再讓他教我們變船怎麼樣？」

「走私漁獲？」周秀樹沒聽過這種事。

「就是在禁捕的季節偷偷出海撈捕，也跟其他國家進漁獲，冒充是高價的本國產品。」

話才這麼說，不過一個眨眼，就看到一個年輕人，身上一襲寬大的襯衫和短褲，腳上踏著拖鞋過來。

他身上的確帶著魚腥味，一見雷一義就打了招呼。

「我說，找你過來是想問你船的事。」

「什麼船的事？」他蹲下來，生起火，雷一義這才注意到他帶著一簍魚。

「欸，今天也釣了不少？」

「幾隻黑毛和鮒仔，還可以啦！」

雷一義自顧和他聊了起來，還協助生好火，把魚串上去烤，一時香氣四溢，根本就忘了造船的事。

蝕衣看他們吃得津津有味，也想拿一塊吃，影輕拍她的手。「這種東西不能吃！雷一義，你是不是忘了正事？」

「正事？欸……」雷一義果然忘記了，搔搔頭問年輕人，「一條船應該有哪些構造？」

「我不是都告訴過你嗎？」

「所以有哪些呀？」

「你沒記起來的話，我哪知道啊？」

雷一義說不出話來，仔細想起來好像聊過這類的話題，但是他完全沒放在心上。就算把人找出來，用的也是雷一義的記憶，也就是說，不在他記憶裡的事情不會憑空出現。

結果年輕人烤了幾條魚就走了，一點有用的情報也沒有。

「搞了半天，雷大叔就只是趁機吃了烤魚嘛！」蝕衣忍不住抱怨，明明是聽過的事卻忘得一乾二淨，果然是中年大叔。

「喂……」雷一義雖然想抗議卻無從辯解，最後是周秀樹出來解了圍。「我們找本書來研究不就行了。」

書籍果然是周秀樹熟悉的事物，不到一個眨眼就出現在眼前，封面是一艘船的骨架，翻開來看了幾頁，周秀樹立刻闔上，喪氣地說：「這也行不通。」

雷一義拿過來看，裡面寫的是有關船員的精神醫學，忍不住挖苦說：「你和我一樣嘛！」

不知道的事物不能無中生有。「蝕衣，許長治是怎麼把噬夢者巢穴找出來的？」影問。

「月芽姊告訴他的，一開始也不成功。」

「可是月芽也沒去過那種地方。」

「後來她要那個人別管噬夢族巢穴了，直接想著我們要去那裡，然後噬夢族巢穴就轟地出現了。」

「按照這個邏輯，我們只要想著要登島就行了。」周秀樹說。

「登島？問題是怎麼去呀？」雷一義依然很疑惑。

周秀樹笑了一下，沒有多作解釋，怎麼去其實並不重要。他閉上眼，努力放空自己，雷一義半信半疑跟著他行動。過了不久，果然出現引擎的聲音，一艘遊艇從海面上駛來。

遊艇上站著一個皮膚白皙的女性，身材嬌小，一頭長直髮垂到肩下，瀏海自然地掠過前額，濃密的睫毛包住黑白分明的眼睛，像寶石閃閃發光。她的嘴唇很薄，唇色是淺淺的粉紅色，笑起來臉頰有兩片酒窩。簡而言之，是個少見的美人。

「請問……你們要到光之島嗎？」她優雅地問，以一點也不彆扭的眼神掃視他們。

「這、這是你找來的？」雷一義問周秀樹，周秀樹搖搖頭，以警戒的眼神看著這個女人，既然既不是雷一義，也不是他找的，這個地方的造夢者只剩下一個。

是路詠樂派來監視他們的。

可悲的是這個女人樣貌的模板、優雅的舉止都和死去的路夫人十分相似，那個路詠樂逼死了真正的路夫人，卻造了一個假的活在這裡。

「是誰派你來的？你是誰？」周秀樹問。

「我是葉光。」那個女人帶著微笑，一派輕鬆地說。聽見這名字，周秀樹不由得一聲嘆息，「葉光」是路夫人不方便以本名捐款時使用的名字，這個女人果然是路夫人的化身。

「是老太太派我來的，老太太很期待你們登島喔。」

「老太太是誰呀？為什麼不說清楚？」雷一義不滿地抗議，他最討厭故作神祕的事情。

「老太太就是路詠樂。」周秀樹說。路詠樂的某個人格以一個老嫗的狀態出現，他曾經交手過幾次，是裡面最狡猾陰險，最難對付的。

也就是這個人格設局殺死路夫人，是個不消滅不行的人格。

「既然這樣，不跟她去是不行的吧？」雷一義說，轉過來問影一個問題。「這個美人的眼睛是亮的還是暗的？她是亮的吧！」

「不，她是暗的。」

「好，那我們上船吧！」雷一義有了決定，說：「就去見那個老太太，看她到底想做什麼。」

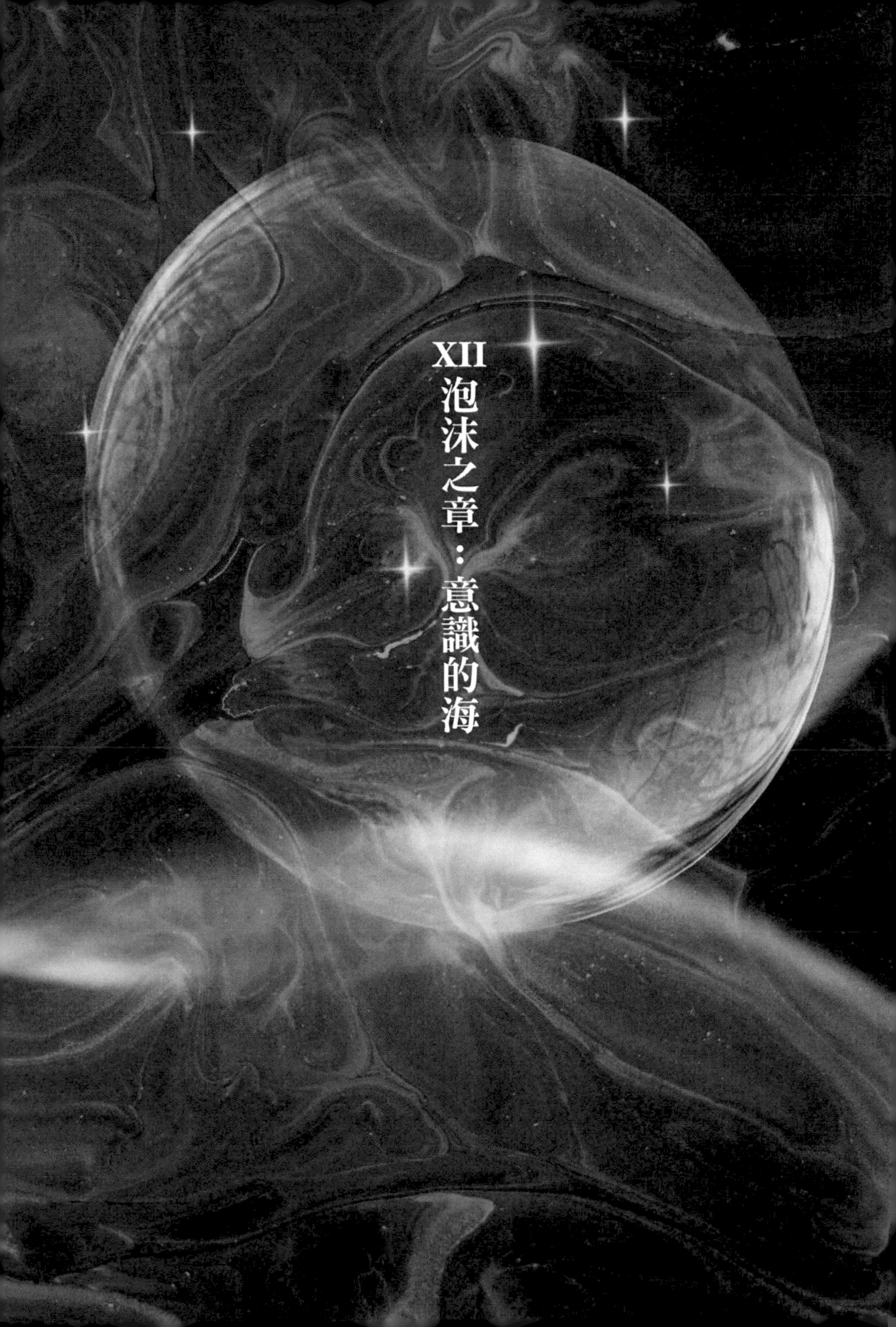

XII 泡沫之章：意識的海

一行人搭上船，葉光發動馬達，機器震動的聲音轟隆響起。船緩緩駛離碼頭，向外海航行而去。這艘船雖然小，也算是豪華舒適。船艙大約五公尺見方，還配備有空調系統。迷你吧台上滿載食品點心，供乘客們自行取用。

雷一義倒了一杯可樂，外面晴空萬里，浪濤波沫，天邊有燕鷗盤旋，輕鬆自在坐在甲板，倒像是久違的渡假。

影一上船就板著一張臉，陣陣襲來的暈眩使得他難以行走，只能勉強趴在船艙。獵夢者的方向感和平衡感都十分敏銳，以便於應付各種突發任務。過於靈敏的平衡感這時候卻害慘了他，全身輕飄飄毫無著力處，頭暈眼花，慘白的臉猶如僵屍。

相反地，也許是蝕衣的平衡感還沒有發育完全，她並沒有暈船。

「暈船了啊？」雷一義可憐他說：「你應該吃點暈船藥，可惜我沒有準備，因為我是不易暈船的體質。哈哈哈！」雷一義的得意似乎有炫耀的意味，不知怎地，影覺得火氣上升，卻沒力氣反唇相譏。

「因為笨蛋不會暈船啊！」蝕衣狠狠地替他報了仇。

「好啊！你這小鬼居然敢諷刺我，你這麼說不是罵到自己了嗎？」

「可是我……」蝕衣說：「還是小孩子，等我長大就變聰明了。」她假裝小聲說話，但音量又足以讓雷一義聽見。

雷一義說：「你現在就很聰明了，這鬼靈精！」

到島上的航程大約兩小時，在內海的邊緣像是珍珠一顆顆灑落的島嶼，一直延伸到都心的港口旁。他們要去的島嶼在最外緣，對生活起居都在城市的人們而言，有如遺世獨立般地隔離。

「明美雖然沒說過，但她應該也很想找個地方好好度個假吧？不過跟老爸來這地方，明美大概也覺得不好玩。明美十六歲了，模樣就跟玉玲年輕時很像，在男生之間應該很吃得開，就像她老媽一樣。這麼說……她莫非有男朋友了？所以才從來不提度假的事？」雷一義想到女兒可能有交往的對象，忍不住像中年老爹一樣焦躁起來。

「大叔，你想跳下去玩嗎？我們這趟可不是出來玩的。」蝕衣看見雷一義一直盯著海面，看起來就想跳下去，忍不住提醒他。

「不，不是這樣的。我想起來了，我先打個電話回家，這裡應該還有訊號吧！」他打開手機，訊號還有滿格，搜尋手機電話簿家裡的號碼，然後撥送出去。

接聽電話的是明美，她聲音有點沙啞，喊著：「爸爸，我們看見新聞了。真是太好了，你總算打電話回來了。你有沒有受傷？」聲音帶著哽咽和哭泣，彷彿受到巨大的打擊。

「怎……怎麼了？明美，家裡發生什麼事了？你為什麼在哭？」雷一義很焦急，聽見女兒哭聲腦筋更混亂了。

「……家裡沒事，是你啊！爸爸。你被警方列為失蹤人口，新聞一直在報你們警察局被強盜犯襲擊的事件。」明美一邊哭，一邊說，聲音越來越平靜，讓雷一義安心不少。

「我沒事，我出門去作個調查，可能會過幾天才能回家。」

「嗯，爸爸。」明美說。

「怎麼？」雷一義說，他很在意害明美擔心，認為自己就是太少根筋了。

明美說：「爸爸你儘管去做，不用太顧慮我們，不管發生什麼事，我和媽媽都會支持你的。不過，爸爸你千萬不要太勉強自己，要保重身體。」

雷一義覺得他似乎看見明美的眼睛紅了，他清清喉嚨，然後說出下列的話。

「其實我打電話回家只是想問你一件事。」

明美說：「什麼事？」

雷一義鼓起勇氣，問：「明美你有正在交往的男朋友嗎？」

「唉呀討厭，爸爸怎麼在這種時候開玩笑，我不理你了。」明美半生氣地把話筒拿給媽媽，說了句：「爸爸好討厭。」竟然就真的不理雷一義了。

雷一義心想，果然真的有交往的男朋友。

雷一義的妻子玉玲接過電話，問他：「你剛剛跟明美說什麼？她一直埋怨。」

雷一義低聲說：「玉玲，明美有男朋友吧？」

「這件事啊！」玉玲發出神祕的笑，說話也變得小聲。「因為明美說爸爸很可怕，不敢告訴你。」

「等等……」雷一義問：「是個什麼樣的人？」

玉玲說：「你在查案，先不跟你說了。」就要掛上電話，雷一義連聲阻止她：「等一下，玉玲。下次假期我們找個地方去度假吧？」

玉玲在電話那頭發出一聲歡呼，兩個人又隨口聊了幾句話才掛上電話。

只有一件事情很奇怪。玉玲問他「你追查的連環殺手怎麼樣了？」雙胞胎的案件應該已經結案了，但是聽到這句話，他又隱約覺得有不對勁的感覺。

他們從島嶼西方的濱海碼頭登島，爬上高處的礁石就能看見島嶼全貌。這個島位於列島最東方，是日出時照耀之地，日光就像是島嶼發出的光芒，這裡海灘的砂子內含晶石成分，看起來光彩奪目。

越過美麗的沙灘，島嶼深處覆蓋著茂密的叢林，潮溼的空氣散發獨特的氣味，走在年久失修無人維護的叢林小徑，汗水很快浸溼了每個人的衣衫。

這座島嶼的植物生命力十分驚人，可能是由於溼度和陽光充足的緣故，顯得特別生意盎然。那些藤蔓看起來隨時都在生長，所有基地的建築毫無例外被綠色植物掩蓋，變成一個個布滿青苔、藤蔓和植物的不明物，建築物的外牆成了這些住客的培養土。

雖然布滿綠色植物，仍然隱約可以窺見建築物的全貌。它是一個橫向H型的巨型建築，地上可見的範圍有兩層。最上面頂端布滿太陽能板，提供建築發電之用，現在這些太陽能板當然不是碎裂就是遭到植物侵占的命運。在主體建築四周散亂排列著許多小型屋舍，完全看不出它們本來的用途。

一行人越過幾間像是屋舍的地方，走到主體建築的西翼。葉光趕開纏結的藤蔓，才露出原本該是門的地方。鐵灰色的門看起來很沉，在溼氣這麼重的環境居然沒有生鏽，一定是鋼或合金鑄造的。門把是核桃的圖案，設有一個密碼鎖。雷一義正不知怎麼辦，大門自動開啟。

門後是深不見底的黑暗，只有一條傾斜向下的斜坡甬道，其中有兩、三處轉彎，大約是九十度及二百七十度的迴轉。甬道寬度比人的肩膀還要寬一點，所以如果對面有人交會，是無法塞得下兩人的。

雷一義走了下去，叢林裡的聲音無法穿過門的阻隔進來，彷彿到了另一個世界，整個空間裡只剩下他的腳步聲。

只有他一個人。

走到路的盡頭，前方道路被一道門封閉，摸起來冰冷厚實。就在這時，他似乎觸動了什麼感應，叮的一聲細微聲響，前方的門無聲滑開。

雷一義得暫時閉上眼睛才能適應光線，然後他發出一聲驚嘆。

這是一個很奇怪的地方。

前方是一個山谷，兩邊都是參天古木，右手邊有一條河，水勢湍急。

看起來不像是實驗室。

走向前去，來到一個老舊的木屋。外面忽然下起暴雨，而屋子裡面生著火，於是雷一義敲了敲門進去屋子裡面躲雨。

「你所見到的一切景象都是創造出來的，包括天上的雲。我想下雨，就颳上好幾小時的暴風雨，我讓它放晴，它就出大太陽。」風吹得門窗嘎嘎作響，一個身形佝僂的老婆婆滿頭白髮坐在床邊，她話才剛說完，暴雨果然立即停止，陽光照射了進來。

「不過，也有我無能為力的時候。憂鬱要來就來，冬天也是。」

她說完，氣溫立刻下降了好幾度，雷一義衣服沒穿夠，忍不住向火堆靠近了一點，回頭一看，窗上的水珠正結成冰。

「你知道我住在這裡的原因嗎？因為我是女性，不符合系統需要。」

「所謂的系統……」雷一義感到口乾舌燥。

「就是我的父母。」老婆婆說：「我是路詠樂。從很小的時候，我就常躲在這裡，逃避我的母親。我忘記變化是從什麼時候開始的，我沒有經歷過青春期，就直接……逐漸變得蒼老，而且一年比一年更甚，我可以感覺到死亡已經接近了。」

人類的肉體不容易在短短的時間裡發生劇烈變化，精神力卻可以忽而幼稚，忽而蒼老，一下子精力旺盛，一下子病弱殘孱。路詠樂說，是在母親死了之後，她才變成這個模樣。

「沒有人知道我父母的真面目。」她的語調變得惡毒起來，「那個周秀樹也是。他以為那個女人為什麼對他那麼好，像兒子一樣，嘻嘻嘻，兒子……，他根本不知道她的安排，像個笨蛋。」

「你的話是什麼意思？」雷一義聽出犯罪的意味。

「我有一個雙胞胎弟弟，一出生就死了。不過死亡的只有肉體，沒有死去的那一部分，有人說是靈魂，有人說是意識，進入我的腦袋，活著。我是一個人卻有雙重人格，更遺憾的是我的母親知道這件事以後，他們把我當成男孩養，以強化弟弟的存在，而且變本加厲地希望能藉由科學的力量使弟弟復活，這就是他們的計畫。」

「我被迫接受一連串實驗，為的只是把弟弟從我的腦袋取出來。我不過是個實驗室的白老鼠，實驗成功就會被丟棄，所以我得變成很多個才能對抗他們。有一天，我決定驅逐弟弟。弟弟失去身體以後一直很依賴我，不過我還是做了。就像後來殺死我的母親一樣，我知道周秀樹一直不原諒我，那是因為他不知道那個睡眠艙是為他自己準備的。」

「為了他？」雷一義也聽不懂。

「周秀樹是我母親從孤兒院挑選出來的對象。他的相貌、體格、智力都是完美的人選，唯一的問題只有一個。他的父親不是路景川，母親不是王靜芝。幸運的是我弟弟還活在我的身體裡，接下來你知道他們要做什麼了？」

雷一義呻吟了一下。「……如果成功會發生什麼事？」

「實驗的內容本來是讓我弟弟侵占周秀樹的身體。不過弟弟已經被我驅逐出境，所以周秀樹仍然活著。」

「你說說看那個世界有什麼好，我創造了這個地方，我是這裡的主人。如果你願意，也可以一起留在這個地方。」

雷一義向後退，窗戶不斷劈啪作響，好像有人在窗外拍打，仔細一看，是被風吹動的樹葉。

老婆婆笑得讓他不舒服，窗戶振動得更加劇烈。如果她是這個世界的主人，最不願意讓大家離去的人，恐怕就是她，畢竟對她而言，這裡的生活就是最美好的。

有人陪她玩下去就更美好了。

「我要離開這裡。」雷一義冷靜地說。

老婆婆的目光帶著一絲難以被察覺的敵意，笑容變得僵硬。

「你們是回不去的。」老婆婆低下頭繼續織她的毛線，雷一義盯著毛線的花樣，視線越來越模糊，窗戶振動得好像整個屋子都在晃動。

有人拍打他的臉頰。

雷一義張開眼睛，天空劃下一道閃電，接著是傾盆暴雨傾瀉下來。

他回到了遊艇上，從頭到尾他沒離開過。

大浪襲來，遊艇在海面上下翻騰，幾乎就快要翻覆。

「怎麼了？」他冒著雨問周秀樹，整艘船上看起來還有思考能力的只剩下他。

影臉色慘白，看起來吐過好幾次，只剩作嘔的酸水，蝕衣則是不斷哭叫。

「你喝的那瓶可樂摻了海水，喝完你就昏過去了。」

「葉光呢？」雷一義環顧四周，沒看見她的蹤影。

「她想把你扔進海裡，差點被她成功，影把她丟下去了！」風雨實在太大，周秀樹用力大吼才能讓雷一義聽見。「這是意識構成的海洋，要是掉下去我們都會沒命。」

雷一義不懷疑，要是葉光真的把他丟入海中，他恐怕就困在那個老婆婆的屋子，再也回不來了。

現在麻煩的是這場暴風雨，他有十足把握是那個老婆子搞的鬼，再繼續下去非翻船不可，他們也別想去實驗室。

「我有個主意！」雷一義說：「天氣也是可以控制的，我們讓這裡放晴吧！」

周秀樹吃驚地看向他，雷一義苦笑著說：「我一個人的力量不夠！」

周秀樹說：「我很驚訝你會說出這種話。」雷一義一直對這個世界有一份執著，對他來說，在這裡度過的幾年無比真實。

「我也不相信自己會這樣說。」

「你昏過去的時候見到什麼了吧？」

「以後慢慢再說！我們先離開這要命的海！」雷一義催促著他，再不行動，遊艇就要散了。如果船變成幾塊板子，只怕誰也沒辦法阻止海水吞沒他們。

於是周秀樹和他一起閉上眼，他們想像一片和煦的陽光，像碧玉一樣平靜的海面。那一瞬間，遊艇的擺盪停止了，好像真的在寧靜無風的海，打在他們臉上的雨水也不再落下。

雷一義和周秀樹睜開眼睛，影和蝕衣詫異地看著四周，蝕衣噗嗤一聲笑了出來。

雷一義和周秀樹兩個人合力，影響所及的範圍就只有遊艇周圍十公尺左右而已。

十公尺外海水依然上下翻湧，暴雨沖刷，在他們周圍形成一道波濤洶湧的藍色水牆。

「原來……，法力不夠就是這樣子啊！」真的輸慘了！

雷一義笑著搔搔頭，周秀樹也笑了，影也跟著笑成一團。

靠著這十公尺的法力，應該可以成功抵達吧！

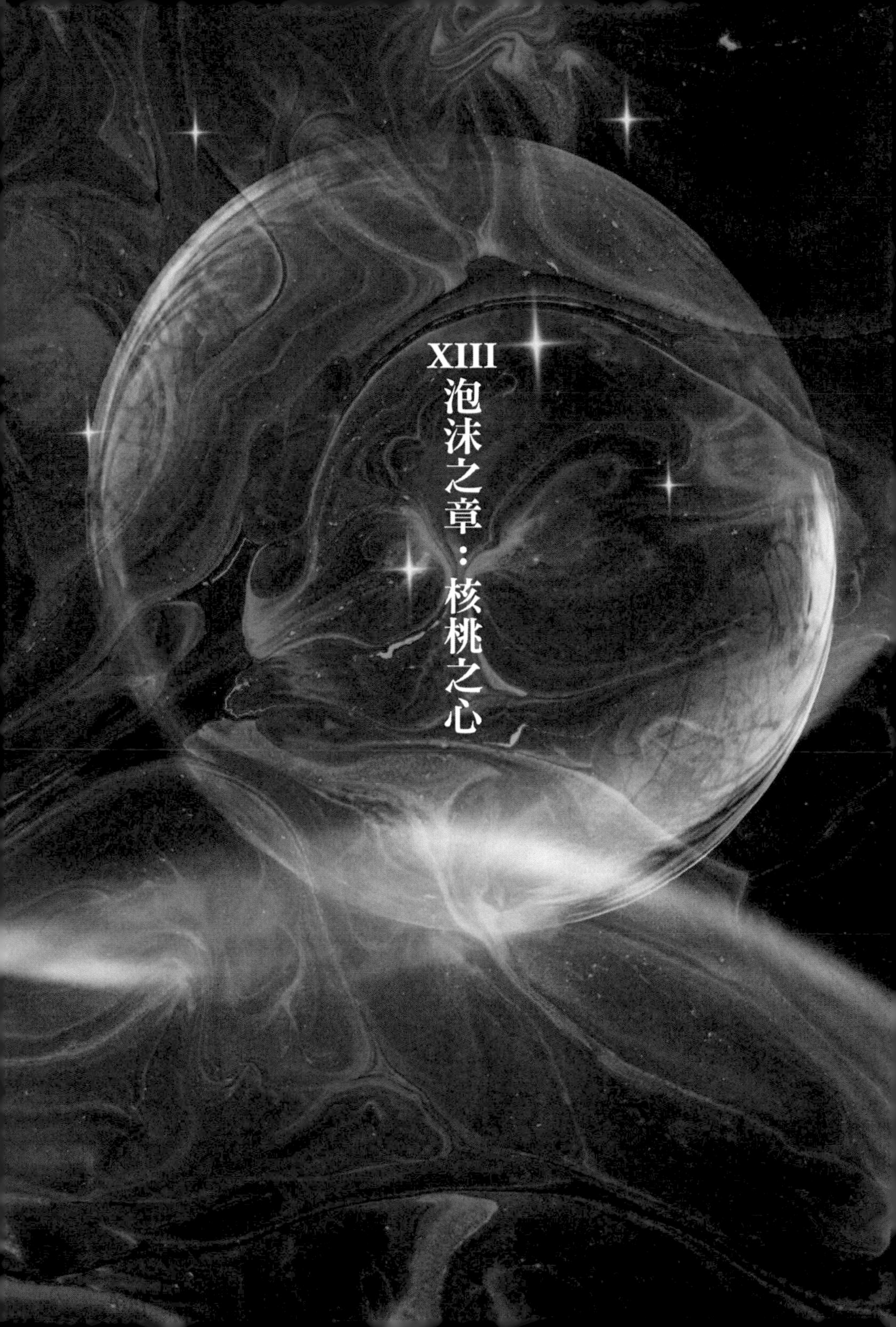

XIII 泡沫之章：核桃之心

雖然暫時找到航行的方法，不過並不穩定，要維持一種半睡半醒的朦朧狀態才能有效操控水牆，而雷一義和周秀樹無法一直持續這種狀態。有時太過專注，有時又分心想到別的事，航行過程水牆時大時小，甚至有幾次海水從水牆縫隙灌注下來。

一到船上，影呈現無戰力狀態，癱軟在船艙，一點也看不出值得頒發勇氣徽章的樣子。倒是蝕衣，因為神經系統還未發育完全，靠著她一路操縱駕駛，才能順利行駛到那個島嶼。

開船這件事並沒有人教過她，她倒是一看就會。舉凡和戰鬥無關的事情都是如此，出於先天的本能，似乎一下子就知道要怎麼做。

他們從濱海碼頭登島，遠方的山巔矗立著一棟建築物。「那就是實驗室！」周秀樹指著大喊。踏到陸地上，影發軟的雙腿才逐漸找到力量。又吐了幾次酸水後，他恢復過來，卻覺得十分飢餓，亟欲好好吃上一頓，看著周秀樹和雷一義不小心就咽了下喉嚨。

「你盯著我們的樣子怎麼像是看著食物？」周秀樹出於第六感，很快產生了警覺心。

「因為你們本來就是……」蝕衣輕快地說，影急忙捂住她的嘴，絕對不能讓周秀樹想到他會失去大片記憶，是因為他……肚子很餓。

周秀樹帶著懷疑的表情，雷一義好不容易爬到高處，似乎看見什麼，急著叫他們過去。

「這裡和那裡一樣！原來我在船上昏過去那時真的來到這個島了。」雷一義驚異不已。

沙灘深處覆蓋著茂密的叢林，裡面隱約可見一個屋子。

「那裡住著一個老婆子。」雷一義指著說：「呼風喚雨的，神祕兮兮。」

叢林裡面有一條小路通往那個屋子，看起來已完全被藤蔓侵占。這座島嶼的生命力十分驚人，可能是溼度和溫度適合的緣故，植物看起來隨時都在生長。

周秀樹就要動身，蝕衣阻止了他。

「等等，我們如果到小屋去，會繞遠路喔！」小屋在山谷裡面，叢林中不知有什麼危險，而通往實驗室最不惹麻煩的路徑應該是沿著山脊走。

周秀樹說：「我們一定要過去一趟。」

「島上有一層霧氣，應該不是普通的霧氣。」影說。整個島上飄散著一片接近透明的氤氳，就像一層薄紗披在他面前，獵夢者身為掠食者的敏銳感官也變得不靈敏。

「有嗎？我怎麼沒看見？」蝕衣左顧右盼，一臉無知小動物的樣子。影嘆了一口氣，這是因為她的神經系統還沒發育完全的緣故，也就是說，目前為止，與其說是個獵夢者，她距離人類恐怕比較接近。

「那層霧氣有害嗎？」周秀樹問。

影不能判斷，被奪去感覺總不會是件好事，硬要說的話，這整個地方都有害。

「就到那屋子去看看！如果真的有什麼不對勁的東西，在那裡戰鬥總比實驗室好。」影說。不知怎地「勇氣只是莽撞的好聽說法」，這句話又在他的耳邊縈繞。

他們艱困地朝叢林前進，由於飄散四周的霧氣，影的感官退化到和人類差不多。不能提早察覺危險將從何處襲來，使他耗費比平常多幾倍的精力前進。雷一義和他輪流一人在前方開路，另一人就在隊伍最後警戒。

那屋子看似不遠，也花了好幾個小時才抵達。

這次沒有暴風雨，空氣瀰漫著青苔的溼冷氣味。幾片構成門板的木頭已經朽爛，地上蒙著厚厚一層灰。

「怎麼回事……？」整個屋子裡面一個人也沒有，這地方看起來已經廢棄好幾年了。

「大叔去的屋子不是這一個，至少不是在這個時空。」影說。泡沫的時空沒有時序性，它們和現實世界的時間並非連續存在。「不知道雷大叔去的那個時空是之前還是之後，我希望是之前。」因為若是之後，代表這個泡沫繼續存在，他們的結局將會不太妙，意味著失敗和死亡。

整個屋子像個廢墟，火爐裡的木材早已燒盡，雷一義在灰燼裡發現一樣東西，弄得滿手是灰才掏出來。

「這是什麼？」影不明白，看起來就像一塊沒燒完的抹布。

「是圍巾吧！毛線織成的。」蝕衣對這種人類的事物倒是很清楚。

「對，」雷一義說：「上次我來，她才打了不到一半，這條已經打完了。所以我到的是之前，不是之後。」

這的確是條不錯的線索。

「你遇到的是路詠樂其中一個人格。」周秀樹忽然說：「她總是打著毛線，說自己住在叢林的小屋，聲音很蒼老，也許你見到的根本是個老太太。」

雷一義點頭說：「是個老太太，老到……我很難想像她是路詠樂。」

「她跟你說了什麼？」

「她說……」雷一義忽然住口，路詠樂說的那些，尤其是路夫人對周秀樹的計畫，聽起來都不是可以輕率說出口的內容。

「她是不是告訴你，路夫人挑選我作為她兒子的身體，那個睡眠艙是專為我設計的。」

「你怎麼知道！」雷一義脫口而出。

「同樣的話她也對我說過。她不常出現，不過我還是見過幾次，在……外面的世界。」

「她說的……你早就都知道？」雷一義不明白周秀樹既然知道，卻仍然留在實驗室，繼續完成這個對他不利的研究。

「我不相信。」周秀樹笑了一下，看起來有點疲倦。

「我認識的路夫人，只是想治好女兒的一個無助母親而已。」

出去的山路沒有明顯的道路記號，蟲鳴、鳥叫，蝴蝶飛舞，天空的雲朵飄來盪去。年深日久，岩石布滿青苔，泥濘不堪，前進也頗為困難。

雷一義忽然問起一件重要的事。

「如果我離開這個世界，玉玲和明美怎麼辦？」

影知道玉玲和明美是雷一義的妻子和女兒。「他們是由你造出來的，你回去以後，他們當然會消失。」

「消失？」雷一義臉色發白，說：「那我不回去了。」

「可是……在真實世界裡，有真正的玉玲和明美在等待吧？」

雷一義略有遲疑，問：「她們真的在等我嗎？我在這裡過了好幾年卻一點感覺都沒有。我的身體在這段日子裡又被如何對待呢？」

「大叔，這個問題要等你真的回去了，才能知道答案。」

雷一義說：「如果我回去，可是身體已經腐敗，那要怎麼辦？」他的心思越混亂，問題越多。

「雷大叔，你真是愛操心耶。」蝕衣忍不住取笑他。「你會因為這樣，就不回去心愛的人身邊嗎？」

「你懂什麼，說得好像你有心愛的人一樣。」

雷一義只是隨口亂說，沒想到蝕衣臉蛋發紅，小小聲地說：「我……我有呀。」

雷一義看了影一眼，雖然一個二十來歲，一個是國中女生，年紀有點差距，不過他們是非人類，應該沒關係吧？

影面無表情越過他們，遠遠走在前面，沒有理會，一點反應也沒有。蝕衣紅著眼眶，她可是鼓起勇氣才說出口，為什麼他要假裝沒聽見？

夕陽時分，天色瞬即變暗，雖看不見皎潔的一輪明月，仰頭倒有點點星光。他們在叢林裡行走，路上沒有明顯的記號，大部分需要披荊斬棘才能前進。黑夜即將來臨，他們找了一塊高處岩石的下方當作棲身之處，因為不知這座島嶼是否有噬夢族，索性分成兩組輪流守夜。

獵夢者不需要睡覺，本來影提議由他們守夜就好。不過雷一義身為警察，是輪夜慣了的人，嚷嚷著小伙子小看他，堅持加入輪值。

雷一義躺在岩石上，枕著手，張眼看著天上繁星。影靠著岩石，面無表情。蝕衣則拿起弓箭練習，她很認真磨練戰鬥技巧，似乎是不想拖累大家，兩隻手都磨出不少水泡。

「喂，你至少稱讚她一下。」雷一義看不過去，小女生告白被無視一定很難受。

「你知道我們年齡相差多少嗎？」影反問他。

「你們是非人類，年齡差距大一點沒關係啦。」雖然看起來很像誘拐少女沒錯。

「兩百零二歲。」

「兩百……」雷一義嗆咳不止。「你兩百多歲了？」

「兩百一十七歲。」

「那麼蝕衣……」

「十五歲。」影不帶感情地說：「不管她看起來多麼像國中女生，在獵夢族裡，就是個需要監護人的兒童。」

「她的監護人是誰？」

「就是我。」影反問雷一義：「你現在覺得我該罵她一頓，還是好好稱讚她？」

雷一義瞠目結舌，喜歡上自己的監護人怎麼說都很難是個適切的行為。

「更別說我們獵夢族根本就沒有談戀愛這種事。」影丟下一句話，倏然而止。屏氣凝神，捕捉那一絲感覺，有東西接近他們。

因為島上那層霧，他的感官遲鈍許多，但仍然感覺到了。

影按住刀，伺機而動。

雷一義悄悄舉起佩槍，不知道怪物會從哪裡冒出來。

他們悄聲叫醒大家，以緩慢的速度移動到十幾公尺外，不敢用力奔跑，怕踩到樹葉的聲音會引來噬夢族。那裡有一個巨大的地底裂隙，周秀樹和蝕衣先下去，落在一個小洞窟裡。

然後是雷一義，最後才是影。

影的目光陡然銳利起來，遲疑了一下，比起躲起來他更想正面和噬夢族決戰。

「勇氣不過是莽撞的好聽說法。」這句話又在耳邊冒出來，他一定是被這句話詛咒了。

最後他還是跳了下去。

不過短短幾分鐘，洞口那片星空被一大團冰冷的黑色怪物遮蓋住，一個可怖猙獰的獸族頭顱伸進裂隙洞口，試圖往下探，可以看見牠呼吸起伏噴出的氣息。

原來牠會呼吸，像人類一樣。

影有了新發現，要不是島上有那一片霧氣，也不會那麼容易看見牠們呼出來的氣息。「雷大叔，襯衫借我！」

「你要做什麼？」雷一義咕噥著，一邊倒是動手解開鈕釦。影催促他：「快點！」一根矛爪從洞口伸了進來。對噬夢者來說，兩個獵夢者和兩個造夢者是不可多得的大餐，可以感覺到牠渾身都在滴著口水。

影向上一跳，揮動雷一義的襯衫用力一轉，狠狠絞住怪物的脖子。噬夢者猛烈地左右晃動，企圖把他甩落。影的雙手用力拉住襯衫，由於他的身材大約是噬夢者的一半，只能懸在半空吊掛著，等於用全身重量的力道絞殺。

那頭獸族的力量越來越弱，他只希望雷一義的襯衫夠堅固，不要在這個關鍵時刻破掉。

雷一義看見這一幕簡直是目瞪口呆！

獵夢族是人類的同盟，生性愛好和平，完全不是這回事嘛！

眼前這個愛好和平的獵夢者可是絞殺了一個比他大兩倍的怪物。

那頭獸族終於不支倒地，發出好大一聲響，大地都震動了一下。

影累得氣喘呼呼，雙手仍緊緊勒住那件白襯衫。蝕衣眼睛張得大大地，一句話也說不出來。

畢竟母體的教導，根深柢固的觀念，遇到噬夢族就是要逃。雖然大部分的噬夢族速度比他們快，還是要逃跑，不逃就會被殺。噬夢族是他們的天敵，他們是食物，食物鏈的順序沒有倒轉過。

雷一義看著那龐然大物的屍體，仍然覺得頭皮發麻。「你……可以把襯衫還給我了嗎？」他覺得有點冷。

影把那頭獸族的首級割了下來，才把襯衫還給雷一義。

雷一義拿著襯衫，皺了皺眉頭，這件衣服沾滿了怪物的味道，再穿回去實在噁心。他考慮了一會兒，跳出去找了幾片樹葉抹去味道。等他回來時，影正在檢視怪物的臉。

雷一義不太滿意地質問。「為什麼要借我的衣服？你自己不是也有穿著衣服嗎？」

「我不想要衣服沾有噬夢族的血，我還以為你不在意。」他一邊說，低頭察看屍體，聽起來是不怎麼負責任的藉口。雷一義的注意力被怪物的屍體吸引，沒有繼續抱怨襯衫的事。

「……所有的典籍都沒有說到噬夢族會呼吸，牠的五官鑲在臉的皮膚皺折裡面，眼睛、鼻子……耳朵。牠們全身滿是皺褶和氣孔，噴出那些冰凍人的寒氣應該是牠們散熱的方式。這麼多皺褶，所以我們遠遠看才會認為牠沒有五官。」影一邊滔滔不絕地描述，拿刀剖開那頭獸族。經此一役，獵夢族對噬夢族的瞭解更進一步。

蝕衣閉上眼睛，噬夢族的屍體真的好噁心。

雷一義好奇過去摸了一下，黏黏滑滑還透著冰涼的寒氣，有點像夏天常吃的刨冰水。

影奮力刨開怪物的鼻甲，即使是死亡的噬夢族，這個部位依然堅硬厚實，充滿許多硬化角質形成的皺褶，裡面是一團連著神經的組織。

「這裡是他們的腦部。」周秀樹說，顯而易見，他窮極一生都在研究腦部，對這個構造再熟悉不過。「也就是神經中樞，他們的要害。」

大地震動了一下，隨著腳步越來越近，震動也越來越頻繁。

不止一個。

又一個獸族從裂縫開口下探，那顆醜惡的頭顱正好在雷一義眼前晃啊晃。

雷一義迅速握住手槍，抵在噬夢者鼻部那片角質皺褶上，手指冰冷得發抖，半是害怕，半是因為噬夢者身上逸散的寒氣。

暗夜裡的一聲巨響，雷一義終於扣下扳機。

影以迅雷不及掩耳的速度跳上洞口，雙手拔刀迴旋斬落，一刀削掉另一頭迎面撲過來的獸族鼻甲。

「趕快出來！」他大叫。

雷一義手足並用爬出洞口，周秀樹和蝕衣跟在後頭。影在前方殺開一條血路，雷一義不斷開槍。那個受到槍擊的噬夢者鼻甲上一個公分見方的彈孔並沒有癒合，卻也沒有流血。牠倒在地上，眼瞼呈現混濁的灰白色。

影想過去確認，天空忽然一片黑暗，原來是兩、三個噬夢族展開雙翼低飛而至，停在他們那片叢林的上方。這些怪物不但有翼，也有獸族的強壯四肢。

噬夢族在這個泡沫裡生下後代，進化成另一種型態，而且成為了噬夢族裡的優勢物種。這些怪物不斷發出難聽的吼叫，像是在呼喚什麼。

地面不斷震動，為數不少的噬夢族在叢林裡奔襲而來，看這聲勢，絕對不止是一隻兩隻、三隻四隻這樣的數目。

「快逃！」影指著那個實驗室，蝕衣和雷一義飛快奔跑，用盡吃奶力氣往那邊逃過去。

周秀樹不斷顫抖，他又見到了母親，許多個、以不同樣貌出現的母親從四面八方過來。腹背受敵的情況下，不知哪邊過來的一根矛爪刷地貫穿影的胳膊把他拖了過去，一頭翼族裂開大口等在那兒，影反手一刀刺進牠上顎那團黏滑的膜狀物，攪爛鼻甲後方的腦，那頭翼族的眼瞼瞬間變成灰白色。

影來不及把刀拔出，砰地一聲槍響，周秀樹手裡拿著槍，槍口冒著白煙，他面前那頭獸族倒了下去，周秀樹滿臉都是淚水。

「影，你後面！」蝕衣大叫。銀灰色的鮮血從他胳臂的裂傷灑落，鮮血的氣味吸引了大批掠食者撲向獵物。

噬夢族是獵食性動物，瞬間爆發的速度非常快，獵夢者和造夢者逃脫不了，尤其是缺乏運動的人類。不管是造夢者或獵夢者，被噬夢族獵殺會導致真正的死亡，因為他們眼睛的亮度相同。

影揮舞著僅剩的一把刀，另一把刀插在死去的翼族頭上，不可能去拿，雖然那把刀上繫著月芽的徽章。

把她的徽章插在噬夢族的頭顱，也算是一種復仇。

那一隻是為她殺的。不，每一隻都是。

雷一義氣喘吁吁地奔跑，他和周秀樹不斷開槍，幸好彈藥供應不虞匱乏。只不過周秀樹不是這塊料，畢竟這是他第一次用槍，噬夢族的鼻甲又是那麼小一片。沒打中自然是家常便飯，反而造成了許多狂暴的怪物。

影只剩一把刀殺敵，刀影快得只是一團銀光。蝕衣在他旁邊射箭，她和周秀樹一樣有瞄準的問題，不過她已經盡了全力。

雷一義快被追上了，一隻中彈的噬夢族發出的冰冷氣息已把他的汗水結凍。雷一義越跑身體越重，越跑身體越冷。

影用力拽住雷一義和周秀樹，鑽入一個難以用肉眼看到的掩蔽物。

蝕衣射出最後一支箭，跟著鑽了進去。

長長的藤蔓鋪掛整面，藤蔓、葉子、蟲和草在這個小地方擠得水洩不通，這是一輛被叢林占領的吉普車。幾乎難以察覺它的存在，它被拋棄在這裡，被叢林侵占，被叢林分解。他們暫且藏身在吉普車的後座，屏氣凝息等待著一切過去。

也只可能有兩種結局，死亡或者是活下來。

一個噬夢族倏然回頭，準確地朝他們藏匿的地方走來。

「怎麼又朝這邊過來？」雷一義不住叫苦，拔出槍扣下扳機，彈匣卻在這一刻空了。

影一隻手有傷，另一隻手被雷一義卡住，無法抽出腰間的佩刀。

噬夢者的矛爪對著他們揮動。影急著大喊：「刀，大叔，我的刀。」

雷一義立即抽出影的彎刀，漂亮地劃出一道銀色光弧，削下那個怪物的鼻甲，然後他們繼續不要命地逃跑。

「大叔，剛才那個表現，我要給你打滿分。」蝕衣豎起大拇指，她現在心情穩定多了，一邊逃命還有心情說笑。

「可不是嗎？大叔的身手可不輸你們小伙子。」雷一義也頗得意。

「你下次不要在我身上亂摸。」影冷冷地插了一句話。

雷一義卻頗為驚恐，一邊逃一邊說：「喂！你說清楚。我摸到哪個部位？趕快告訴我，我要去河邊洗手。」

「我不想說。」

「可惡！」雷一義青筋爆出，說：「你越是不說，我越想去洗個乾淨。」

「糟了！」周秀樹跑在最前面，第一個停下腳步，回頭看著雷一義，雷一義的臉色也很蒼白。

他們逃到一座溪谷，從底部往上看，山崖這面掛著落差百米的瀑布，短時間難以通過，簡而言之就是條絕望的死路。

一群噬夢族像獵食的獅群一樣，將他們重重包圍。每個看起來都飢腸轆轆，吃了太多黯淡無光的人類，牠們的肚子完全沒有填飽過。

黎明已經降臨，整個山谷慢慢從暗黑甦醒，幽藍的天空逐漸染白。敵人的數目有十幾隻，翼族和獸族，還有那種同時有雙翼和粗壯四肢的新型態，個個都蠢蠢欲動。

一個噬夢族抬頭朝天空發出嗚吼，此起彼落，響遍整座島上。

「牠……牠們在呼喚同伴！」蝕衣驚恐地說，影不知道蝕衣如何聽懂的。

他們已身處死地。

隨著漸漸收攏的包圍圈，他們無處可逃。

隨著一陣怪風，一支箭矢射穿帶頭的那個噬夢者鼻甲，牠立即倒在地上，眼瞼瞬間變成灰白。瀑布旁邊的山路站著一個男人，不斷拉弓射箭，被射中的噬夢族一一倒下，沒有再站起來過。

「原來這裡和那邊相通啊！我從不相干的泡沫跳躍過來的。」

是凜，獵夢族少見的無聊男子，他的拿手武器正是弓箭沒錯。他的弓箭也是獵夢族少數幾個有名字的武器之一，稱為「月輪」。

在月輪的掩護下，雷一義和蝕衣、周秀樹和影依序攀上藤蔓來到凜的身邊。

雖然這也是十分耗體力的活動，逃命時總有一身怪力，雷一義三兩下竟也爬了上去，周秀樹上來時還讓他拉了一把。

「原來你是知語者。」凜一見到蝕衣就閒聊起來，一點也不看場合。

不過影很在意。「什麼是知語者？」

「就是聽得懂噬夢族的話吧！我也是聽老頭子亂說的。」老頭子指的就是瀧。

「咦，這裡有一道門。」周秀樹在凜的身後找到門，門把上有核桃的圖案。

「喔對，我從門裡出來的，你們要進去嗎？」

「裡面是什麼狀況？」影可不希望有大批噬夢族埋伏在裡面。

「我不知道。我從那個泡沫一跳躍過來就在門後面，出來就發現你們正在和噬夢族大決戰，又不能把門關起來假裝沒看見，被老頭子知道我就死定了，哈哈哈！」凜一邊爽朗地大笑，一邊拿起月輪攻擊襲來的噬夢族，毫不在意的輕鬆態度，讓影不自覺火大起來。

周秀樹輸入密碼，那道門應聲開啟。

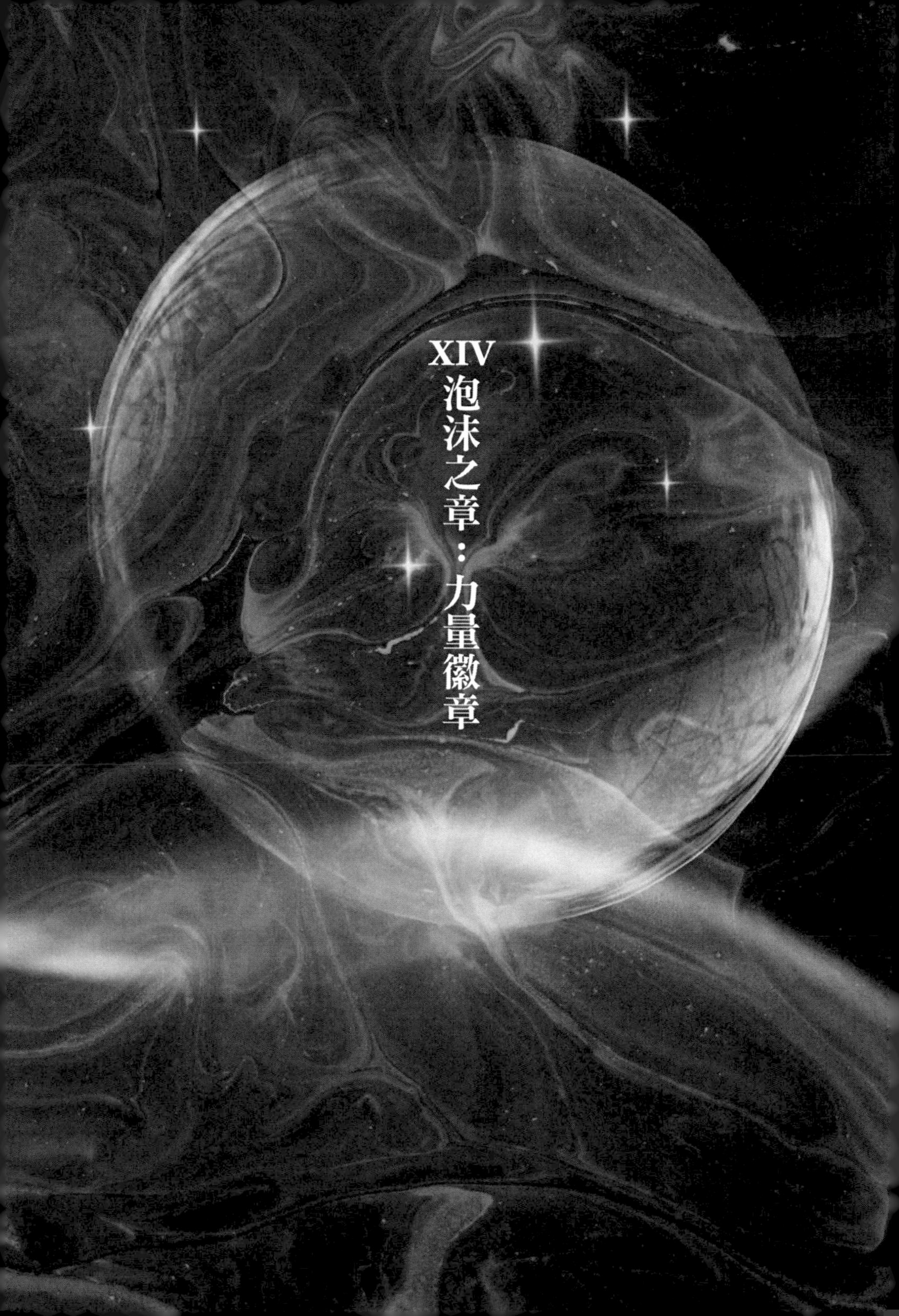

XIV 泡沫之章：力量徽章

幾分鐘前，另一個泡沫。座標（115.6, 20, 75），亮度八，藍色。

那是一個黯淡無光的八等泡沫，凜抱著輕鬆的心情進去。那種挑戰自我的事情他懶得做，吃什麼不是吃，反正都是為了填飽肚子。他挑選泡沫的準則是就近吃，越暗越好。當然他不去九等或十等的泡沫，那種快要破滅的泡沫太危險，會有許多噬夢族等在那兒。

依據這個準則，驚險時刻屈指可數。

就在這個八等的泡沫，一個噬夢族赫然出現在他面前。遇見噬夢族不稀奇，稀奇的是這個噬夢族的型態。七百多年來的冒險生涯他遇見的噬夢族只有兩種，無一例外，會飛的那種稱為翼族，不會飛的稱為獸族。

他眼前的這個，不但擁有獸族粗壯的四肢，還有翼族的雙翼，意味著牠力氣奇大而且速度驚人。

月芽跟他說過一件事，她見過化為鼠類的噬夢族。瀧說月芽是命定之人，不小心去了隱藏天諭的泡沫。

眼前這個東西不像是最終會變成鼠類的樣子，該不會是哪裡出了差錯？

凜舉起月輪，朝那個具有獸翼兩族特徵的噬夢者射了一箭，以飛快的速度躲開噬夢者奔襲而來的矛爪。

一聲女人的尖叫傳來，那是一個穿著實驗室人員白袍的纖瘦女人，手裡提著一個公事包，她的眼瞳是亮的。

她是這個夢境的造夢者，出現的時機很差，非常不湊巧會和他一起成為噬夢族的大餐。

噬夢者張開臉上的皺摺，眼珠子在內眼瞼下轉動，一臉受到誘惑打算大吃一頓的樣子，可是牠的目光沒有看著凜，甚至也不是那個發出尖叫的女人，那個造夢者。

牠看著一個男孩，怯生生地藏身在那個女人身後，那是一隻魅。

比起獵夢者和造夢者，魅的數量稀少，而且風味特殊，那個噬夢族的矛爪快速朝著魅竄了過去。

「快跑！」凜大叫，向那怪物射了一箭，把牠的鼻甲射了下來，露出裡面軟糊糊一團灰白的神經組織。

怪物只昏眩了幾秒，遠比翼族和獸族都來得短暫。這幾秒的空白獵夢族逃命都不夠用，更何況是人類。

凜無計可施。

矛爪向前飛刺過去，那個女人發出淒厲的慘呼，鮮血染紅她的白袍。她沒有逃命，而是撲向那根矛爪，一瞬間被刺穿了身體。

她身後赫然出現一個入口，凜沒有遲疑，抱起魅作了一個跳躍。

那個女人叫作王靜芝，在越過入口的剎那，一切變暗以前，白袍上繡的名字變得鮮明起來。

經過一陣晦暗的風，他站在一個地方，是一個昏暗的甬道，手裡抱的那隻魅不見了。

也許魅不能跳躍，凜不能確定，畢竟他從來沒試過。

眼前出現一道門，看起來像是那種實驗室的門，門沒關，他直接推開出去。

一出去他就後悔了。要不是影就在下面。他一定會關上門，再度跳躍回去。

他在半山腰上，旁邊一條瀑布轟轟奔瀉而下。瀑布下面有幾十個噬夢族，獸族、翼族和那種兩族的綜合體，他剛才過來的那個泡沫只有一個。
影和幾個造夢者困在下面，更多翼族在天空飛翔，獸族從叢林遠方奔襲而來。
凜歷經一番心理掙扎，拿起月輪射了出去。

影和周秀樹一行人在他掩護之下爬上來，輸入密碼後，白色牆壁漸次亮起不刺眼的燈光。門後是一個光亮潔淨的長廊，和門外的原始叢林成為巨大的反差。周秀樹帶著他們穿過甬道，進入電梯，來到地下二層。
「原來你早就知道殺死噬夢族的方法。」影不經意問起凜。
「什麼殺死噬夢族，你說什麼？」凜笑著說：「我只是把牠們擊昏，沒有人能殺死噬夢族。」
他一臉真誠，看起來毫無虛假。影忍不住告訴他，「你殺死牠們了。難道你從來沒檢查過……？」
「當然，我每次都一邊射箭一邊逃跑，為什麼要檢查那種東西？」
「你擊昏過幾個噬夢者？」
「沒仔細算過，我的箭筒大概十年要補充一次，這樣算起來有幾百個吧。」凜難得認真計算起來，影無言以對。所以，這是一個已經殺了幾百個噬夢族卻一無所知的輕浮男子，只因為他每次都急著逃跑，沒留下來看著那些噬夢族死去。
要是他曾經檢查過，要是他告訴過月芽……。影不自覺握起了拳頭。
潔白的長廊，寂靜的實驗室，充滿刺鼻的化學藥品味道。

周秀樹帶他們穿越一間間的實驗室。那一間間方格狀的房間一體全是白色的牆壁，設有實驗台、各式各樣的顯微鏡、冷凍櫃、沖洗室和隔離室。

他們到達一個六角形的房間，像是蜂巢的形狀，周圍都是銀白色的合金構造，看起來頗有異世界的未來感。

周秀樹按下一個按鈕，一個中年女性的立體影像出現在他們面前，栩栩如生，就像活生生的人類。

「這是王靜芝教授，也就是路夫人。」周秀樹作了簡短的介紹，然後這個「路夫人」開始說起話來。

「我是王靜芝教授，你們想知道什麼呢？」

「說說這個實驗室在做什麼？」周秀樹發出指令。

「我本身是研究精神病理的專家，建造了這個實驗中心。我們研究的是核桃殼裡的東西，也就是人腦。」

「這個實驗室最終目的在治癒多重人格障礙。多重人格障礙的患者體內有不同人格存在，我們研究發現這些人格可以被消滅和分離。第一號受試者就是我的女兒路詠樂，治好路詠樂也是這個實驗室成立的目的。」

說完這些，路夫人就停止動作，然後消失在他們面前。

「我們只做了這些，隔天路夫人就意外墜樓了。」周秀樹說。

「你們打算用什麼方法治療路詠樂？」雷一義問。

「只要讓不需要的人格在意識層消失，我們找了專業人士過來，也就是殺手，雙胞胎。」

「雙胞胎？」雷一義呻吟了一下，好像想起些什麼。

「對。」周秀樹說：「你正在追捕他們，不小心牽連進來。」

「所以你的計畫是使用這裡的睡眠艙，到達下一層，殺掉把你們困在這裡的路詠樂。」影忍不住打斷他們。

「這是最快的辦法。」周秀樹說。

凜完全不明白他們說的話，不過他不在意。如果可以從這裡面找路逃走，不用面對外面那一大群兇猛的噬夢族，這麼輕鬆的計畫他沒理由不支持。

又走了好長一段路，總算到達一部傳送梯。圓筒狀乳白色的外觀，散發異樣的銀色光輝，不知是哪種合金製成的，上面設置有密碼鎖。周秀樹按了一串密碼，門片以逆時針方向無聲滑開，他們進入筒狀空間，傳送梯持續上升大約十分鐘才到達地面層。

前面的大房間是六角形狀，頂端的設計如同蜂巢，規則的六面體排列，施以合金包覆玻璃的設計。看起來合金的部分是可以收闔的，藉以調節室內的陽光和溫度。

一個翼族從上方低掠過去，至少還沒發現他們。

凜和影互望一眼，心裡有點不安，擔心頭頂上那些玻璃不夠牢固，擋不住外面那些狂暴的怪物。

周秀樹面無血色說：「不、不見了，睡眠艙不見了。」

這裡空無一物，應該設置在這裡的睡眠艙消失無蹤，彷彿一開始就不存在，一點痕跡也沒有。

「你確定沒帶錯路？」凜問。

周秀樹頹喪地搖頭，像是洩了氣的皮球。

沒有睡眠艙，他們將永遠困在這裡。

「沒關係，我們出去找別的入口嘛！」蝕衣輕鬆自在地說，卻看見凜一臉要把她滅口的表情。

「外面的噬夢族那麼多，出去就是送死！」他的悠悠歲月如果說有任何可以稱為原則的事情，大概就是絕不輕易讓自己死掉。

影贊成凜的說法，外面噬夢族那麼多，他一個人都沒有把握逃出去，更何況還帶著蝕衣和周秀樹、雷一義他們。

這個泡沫越來越不安全，找到入口的機會很渺茫。

影的手臂劇痛起來，原來蝕衣又拿出優碘治療他的傷。自從被矛爪刺穿，一路逃到這裡，沒有好好治療過，傷口看起來有些潰爛。這次真的很慘，連月芽的徽章也丟在叢林裡面。

月芽……。

月芽在就好了，他們可以一起殺出去。

她到底去了哪裡？

「原來你是治癒師啊！」凜看見蝕衣手上的優碘，又開始說奇怪的話。

「什麼是治癒師？」蝕衣沒聽過治癒師。

「就是有治療資質的獵夢者呀！我知道了，那傢伙是不是只會教你打打殺殺？」他說的那傢伙就是影，而且他說中了，他的確只教過她戰鬥技巧。

蝕衣看向影，影不想理這個話題，什麼治癒師只是騙小孩的，有這時間還不如想想接下來怎麼辦。

「影對我很好，你不要說他壞話！」蝕衣倒是挺袒護他的。

「我也是個治癒師喔！」凜的表情忽然正經起來，手掌朝上，他的掌心多了一團透明的膠狀物體。「這是泡沫裡的治療元素，我們治癒師能提煉出這種東西，你拿去治療那傢伙，比人類的藥水好用多了。」

影的目光銳利起來。「你敢用那傢伙的汗垢在我身上試看看……」這句話來不及說完，蝕衣已經一股腦兒塗抹上去，陣陣劇痛傳來，影覺得他的手臂一定會爛掉。

下次一定要警告蝕衣，不要什麼都拿他當試驗品。

過了一段險惡的時間，傷口開始癒合。

「我的汗垢效果不錯嘛！」凜得意忘形起來。「別忘了，我可是領取力量徽章的真正獵夢者，不像某人只是勇氣。」

勇氣只是莽撞的好聽說法，凜老是這樣說。被他說久了，就像真的一樣。

「咦，你拿的也是力量徽章啊？」蝕衣好像知道了什麼開心的事。

「是呀，你想要換人嗎？不如我當你的觀察者，不過這個要跟祭司商量看看……」凜得意洋洋自我吹噓，完全沒想到後果。他之所以這把年紀還沒當過觀察者，就是因為老頭子說他不是這塊料，漫不經心的態度會把觀察對象害死。

「那麼你會吧……」蝕衣眸子發亮，好像看到救星的樣子。

「會什麼？」

「召喚入口呀？」

「召、召喚入口？」凜被口水嗆到，劇烈咳嗽起來。他只是不小心作了一個跳躍來到這裡，怎麼會出現召喚入口這種麻煩事。

影明白過來，蝕衣這小鬼心眼也挺多的嘛，以後不能再小看她。雖然這個男人不怎麼可靠，但如今他確實是唯一的希望了。

「是凜的話應該可以吧！畢竟月芽都成功了。」影刻意平靜地說。強調月芽就行了，凜最不想輸的人就是月芽。

他老是說，因為月芽他在瀧心中的地位才會一落千丈。

不過影認為那是因為他老是在背後叫瀧老頭子的緣故，不要看瀧老是守在佛塔，獵夢族有任何動靜他都知道，當然包括他這個輕浮又無聊的弟子。

「你們說的召喚入口是怎麼回事？」雷一義聽到有重大進展，連忙過來問個清楚。

「我……」

凜面有難色，蝕衣替他作了解釋。「就是他能把下一層的入口召喚過來，就像月芽姊姊一樣。」

她特地把「月芽姊姊」四個字加重語氣，果然凜聽了故作輕快地說：「召、召喚入口而已嘛！這種小事我做過好幾次了。」

周秀樹也站起來，每個人都看著他。

凜深吸一口氣，把手朝向天空，就像在許長治的記憶裡，月芽曾做過的手勢一樣。

天空烏雲密布，一道閃電打破了頭頂上的玻璃，然後又是一道、再一道……

「唉呀！太危險了……」雷一義差點被玻璃砸到，抱著頭躲在角落。閃電不斷擊落他們頭頂，一個翼族注意到他們，從空中俯衝下來。

影拔刀削下噬夢者的鼻甲，然後再一刀攪爛牠的中樞神經，噬夢族的屍體掉下來撞擊到地面，就在這時下起了傾盆大雨。

一個入口像暗影出現在他們面前，在密不透風的雨線裡時隱時現，像是隨時都會消失。凜雖然想炫耀，但是還沒想到精彩的話來紀念這歷史性的一刻以前，影已經對大家使了個眼色，帶著眾人一起作了一個跳躍，同時間一群凶暴的噬夢族從四面八方撲了過來。

凜走在最後，千鈞一髮之際，噬夢族的矛爪差點搔到他的脖子，幸好他反應快，這個跳躍沒再出什麼意外。

入口順利關閉。

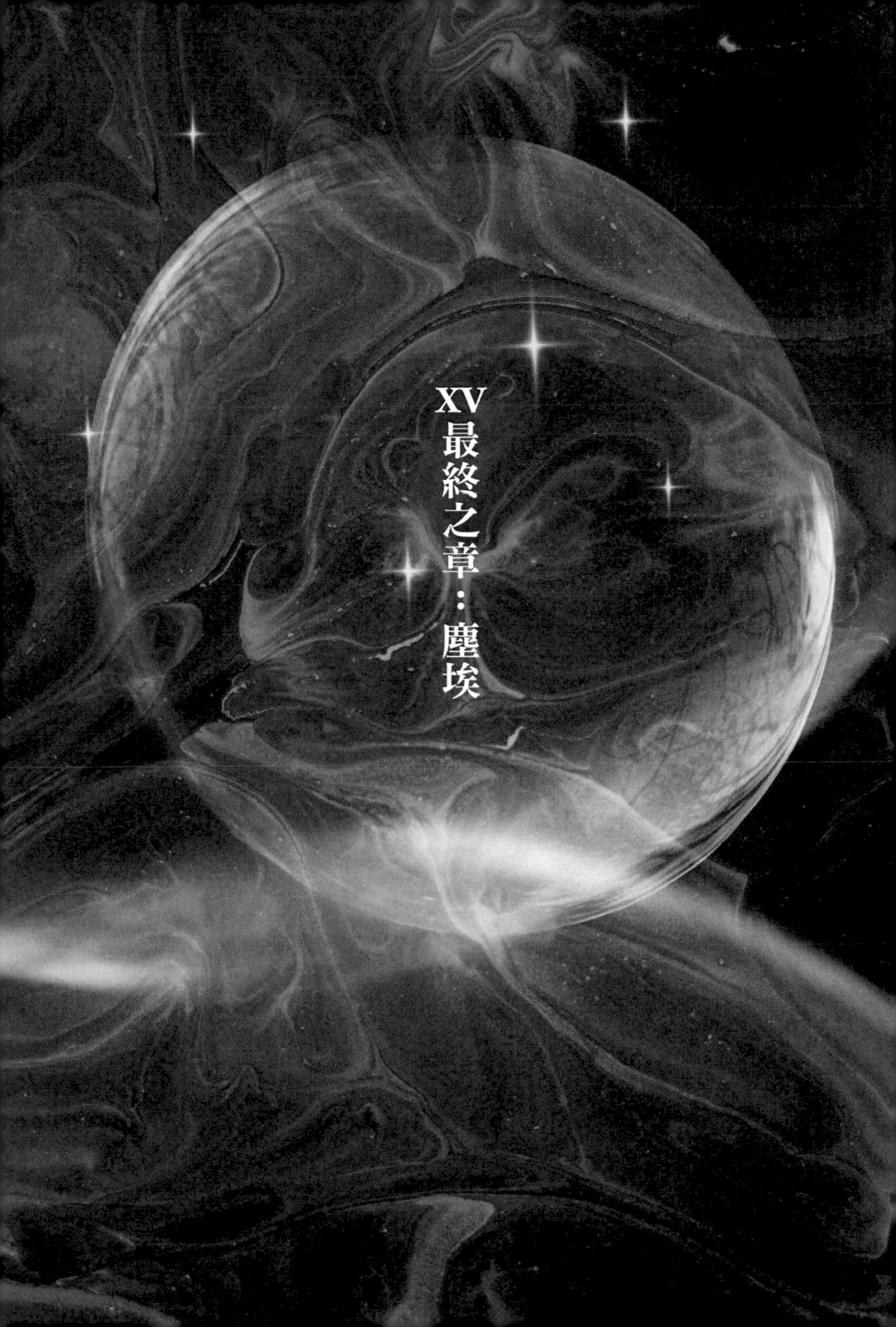
XV
最終之章：塵埃

泡沫座標（28, 05, 13.3），亮度零，曜黑色。

第五層，夜晚。

他們在叢林的深處。這裡剛被暴雨沖刷過，植被茂盛，罩著一團霧氣。如果不是沒有見到翼族在天空中盤旋，他們幾乎要以為凜只是把他們從實驗室又送出來到外面的叢林而已。

「像召喚入口這種小事，以後拜託我就對了。」凜隨便說起得意忘形的話，影不自覺惱火起來。好消息是這裡沒有噬夢族的蹤跡，他們暫時算是脫離險境。

雷一義指著前方的小路，「我記得……就是前面那邊。」

因為那團霧氣的影響，影的視力和一般人類沒有兩樣。

這片夜空不太尋常，影說不上來在哪裡看過，有種似曾相識的熟悉感。

凜指著掛在天空邊陲的一個發光體，「咦，那是什麼？」那個發光體四周閃耀著金黃色的光芒。

「是太陽嗎？」蝕衣才剛說完，立刻就被雷一義否決。「才不是，現在又不是白天，怎麼可能看見太陽？」

「那麼就是月亮囉？」蝕衣狐疑地說，可是她曾在泡沫裡看過月亮，不是長這個樣子。

影倒抽了一口涼氣，他知道了，畢竟不久前他才看過這一切，那時他站在遠方那個發光體的表面。

那不是太陽，也不是月亮，而是母體。

這是獵夢者國度的天空。

凜的表情凝重，比起上一層雖然這裡算是平靜，一個噬夢族也沒遇到，卻一點也讓人高興不起來。

他活了七百多歲，從來沒在哪個泡沫看過母體。事實上，因為已經過了七百多年，他早就把母體這東西遺忘了，所以一時沒能認出來。

「這泡沫離母體這麼近，聖殿那幾個老傢伙怎麼不出面解決一下？」一旦煩躁起來，他就忍不住抱怨起那些不做事的老傢伙。

「所以他們找了月芽，還有前面死掉的那幾個獵夢者來做這件事，最後事情落到我頭上。」影不疾不徐地說，聖殿那幾個老傢伙做事的風格凜又不是不知道，而且他們沒有肉體，只有一團團思想光束，就是想親自出馬也動不了。

凜沒頭沒腦飛來一句，「月芽有沒有跟你說過，噬夢族最後會變成鼠類？」他想到什麼就說什麼，影早就見怪不怪。

「可能有吧，我不記得了。」

「既然這樣，代表獵夢族不會滅亡，對不對？」

影從來沒有從這個角度想過這件事，才覺得有道理，凜馬上又推翻這個理論。「不對，也有可能因為獵夢族滅亡，引發連續性災禍反應，噬夢族才變成鼠類。」

影沒好氣，「你能不能閉嘴。」他終於肯定凜就是在耍他。

「噓！」周秀樹在最前面，忽然他停下腳步，回頭作個手勢要他們安靜，指了指前面不遠的樹下，壓低聲音說：「……那邊站著一個人。」

那是一個女人，身穿一襲潔白的長袍，背對著他們，肩膀不斷在抽泣顫動，哭得十分傷心。她慢慢轉過頭來，黑暗中出現的是一張慘白的臉，蝕衣嚇得抓住了影的手。

「這個人是……」雷一義不敢肯定，但是他覺得曾經見過這張臉。

「……路夫人。」周秀樹接口說，身為王靜芝教授的研究助理，他一眼就能認出來。

雷一義點頭，周秀樹說過葉光是按照路夫人的樣貌造出來的，兩個人果然很像。

「不過……路夫人沒參加你們這次的實驗吧？」畢竟聽說她已經死了嘛！

當然沒有，周秀樹搖搖頭。「這個路夫人是造出來的。」

「她是魅。」凜的表情凝重，沒想到這一層還有這種東西，這個泡沫真是不得了。

「魅？」周秀樹問：「也就是說這個路夫人也是路詠樂的次人格？」

「用你們的話是這樣說沒錯。」凜說。

「為什麼？」周秀樹無法相信。

「因為她需要一個母親。」這次換影說出了答案。

他們悄悄跟在路夫人後面，四周一片漆黑，時不時有白霧飄過身邊阻礙獵夢者的感官，大概是路詠樂那個老太太的偏執人格有意為之。畢竟她在這裡法力無邊，呼風喚雨都只是舉手之勞。她對雷一義說過她想做什麼都可以，要讓這片黑暗持續多久，應該也是看她高興。

穿過一團濃厚不見五指的白霧，雷一義來到小屋的門前。和上次一樣又溼又冷，光是站在那兒手指都快凍僵。

雷一義推開門走了進去，木板門發出嘎地一響，在他身後閉上。

不同的是這回沒有織毛線的路老太太。眼前的景象讓他背脊發涼，玉玲和明美居然在這裡，身上捆著像是藤蔓的繩索，各自被綁在椅子上。雷一義立刻過去幫她們鬆綁，誰知繩索捆得越來越緊。

「爸，我快不能呼吸了！」明美哭著大叫。

「老公，你想想辦法！」

雷一義又急又氣，氣自己無能為力。如今他已大致明白這裡的邏輯，他是這裡的造夢者，理論上無所不能，所以沒道理那個路老婆子做得到的事情他做不到。

周秀樹說過造夢者之間的強弱取決於彼此的精神力，老婆子路詠樂之所以能為所欲為，是因為她的精神力異常強大，凌駕於其他人格。

雷一義知道要怎麼做，他唰地變出一把短匕首，拿去割斷綁在玉玲身上的藤蔓，誰知道好不容易割斷一條，另一條藤蔓又憑空出現，綁在她們身上的藤蔓一點都沒有減少。

「沒有用的，雷警官。」一個聲音憑空冒了出來，從腦袋裡直接對他說話。

「你放了她們！」雷一義緊握著手裡的匕首，因用力而指節發白。

「可以呀，你跟我玩一個遊戲。」

「只要你放了她們，什麼遊戲我都跟你玩。」

「那可不行。」那個聲音咯咯笑了起來。「只有一個，你只能救一個。你只需要想清楚要救的是誰，把手指向她就可以了。」

「那……另一個人呢？」

「當然是吊死了。」她輕快又邪惡地說：「不然怎麼叫作遊戲呢？你抬頭看看上面。」

雷一義抬頭向上看去，外觀不怎麼高的小屋竟然看不到頂端，天花板只是一團無盡的黑暗。無數屋梁交錯，上面懸著不計其數的屍體。那些屍體的臉都一樣，只有年紀不太相同，她們都是路詠樂。

「你上次沒來得及看見，真是可惜！這些都是我媽吊死的路詠樂，每次她都救兒子，實在無聊死了。」

雷一義看了看玉玲，又看了明美一眼，不知該把手指向誰。不管他救了哪一個，餘生必定會為了拋下另一個、眼睜睜看著她吊死的決定而受盡折磨。於是他明白了，路夫人就是這樣死的。

屋子裡越來越冷，雷一義頹然坐在地上。時間一分一秒流逝，他不知該指向誰。

忽然來了一聲槍響，然後一個眨眼，玉玲和明美從他眼前消失。他仍舊在那個小屋，周秀樹拿著槍，路詠樂老婆子倒在血泊中，剛織好的圍巾在火爐裡燃燒起來。

大家都是一臉慘然，就連影和凜也不例外。

一句話在空中飄盪，每個人都聽見老太太的低語。

「我也是你的女兒，你為什麼從來不選擇救我……？」

日光的薄霧升起。影帶著蝕衣，幾個人一起走向光影的塵埃搭成的橋。

身體好輕好輕，屋子的顏色越來越淡，圍巾在火爐裡燒盡，泡沫即將破滅，路詠樂的夢快醒了。三個獵夢者飛向天空，慢慢飄離這個夢境，帶走像棉花的露水作為糧食。

蜂巢式的頂端像呼吸一樣開闔，藉以調節陽光和溫度。這裡有五個銀白色的睡眠艙，正中主艙裡躺的是路詠樂的身體，副艙裡只剩下雷一義和周秀樹。

雙胞胎殺手遭遇不可測的事故，一死一重傷，只能提早移出睡眠艙。倒是誤闖進來的雷警官睡得爛熟，竟然打起呼來。

忽然間周秀樹的腦波出現變化，研究員發現他在甦醒中，就在這時雷警官坐了起來。

然後周秀樹自己打開睡眠艙，眼神看起來十分迷茫。他的腦袋昏沉，身體很重，需要好好休息，不過馬上再去睡一覺不是個好主意。

大概有一段時間，他會對睡覺這件事提不起興趣。

主要研究員都在二樓透過特製玻璃和監視畫面以各種數據偵測他們的生理狀況，周秀樹無法看見他們，而他們在周秀樹醒來這一刻，知道實驗已經成功，他們成功地將路小姐的異常人格消滅了。

周秀樹甩甩頭，巡視了一圈。

一個主艙，四個副艙。

他現在只確定自己回來了。

他到路詠樂的睡眠艙旁，裡面躺著的是路詠樂的身體。雷一義只落後不到幾秒鐘，同樣是爬著出來的。他走到周秀樹旁邊，兩人一起看著睡眠艙裡的路詠樂。

她會不會醒過來，醒來的又是哪一個？

周秀樹屏住呼吸。

路詠樂的手指動了一下，周秀樹發出低呼，她在所有人面前坐起來，充滿好奇地觀察這個世界，和那裡有點像，又不全然相同。然後她說：

「媽媽就是這樣被她殺死的。她逼她做出選擇，一次又一次。」

「我知道。」周秀樹說，不自覺冒出了眼淚，因為她從未得到想要的答案，只能在遊戲裡不斷重複迴圈。

「她……那個媽媽決定永遠沉睡。」路詠樂指的是最後一層以路夫人樣貌出現的人格，老婆子路詠樂創造出來代替真正的母親繼續參加選擇遊戲的魅。

周秀樹點頭表示明白。

「周教授，恭喜，你成功了！這是精神生理學的莫大成就，你成功消滅了異常人格。」周秀樹的助手過來向他恭賀，全場揚起一陣掌聲。

這一次離家太久了。雷一義猛搔著頭，不知道要怎麼跟玉玲和明美解釋。這麼危險的工作，他們一定希望我調職到閒散單位吧？發生這種事，如果玉玲提出要求，不知道怎麼開口回絕。

雷一義還沒想出妥善的理由，很不幸地，家門口已經到了。他站在大門口偷偷往裡面看，遲遲無法下定決心按鈴走進去。

「爸爸，你站在這裡做什麼？」明美下課回來，剛和同學道過再見，就看見父親杵在大門口。

「明美，對、對不起……。」雷一義結結巴巴道歉。

「對不起？」明美疑惑了。

「總之請你原諒我。」雷一義斷然鞠躬。

「好啊！」明美笑了，說：「那你今年暑假要帶我去太陽島度假村玩。」

「沒問題。」雷一義說。

「號外！號外！」明美一邊歡呼一邊衝進家門。「媽，爸說他要帶我去太陽島度假村玩。」

「真的嗎？那可是高級度假村耶，你老爸查案查暈了吧！」玉玲也很高興，看來自己就是太小氣了，雷一義深切地自我反省。

他深吸口氣，一鼓作氣走進去跪下，向玉玲磕頭道歉：「請你原諒我！」

「原諒什麼啊？」玉玲完全狀況外的樣子。

明美站在玉玲身後，小聲說：「媽你趕快說原諒他，然後趁機要禮物。」

玉玲疑惑地看著丈夫，問說：「到底發生了什麼事？」

雷一義頭都不敢抬，看著地板說：「我為了查雙胞胎殺手犯下的連環命案，失蹤了這麼久。雖然知道這是無理的要求，還是請你看在多年夫妻的份上原諒我。」

玉玲鄭重問：「你以為你去了多久？」

雷一義搔搔後腦杓，「好幾年了吧！明美高中都快畢業了。」

玉玲說：「你說這什麼鬼話。你抬頭看明美的制服，她才剛升國一，你去查案才一個晚上。是不是又應酬喝酒了？」

「才……一個晚上？」雷一義不敢置信，睜大了眼睛。

「是。別鬧了，快來吃晚飯吧！」熱水壺燒開的氣笛響起，玉玲拋下雷一義，向廚房跑去。

影再度回到母體。

母體利用沙礫發出聲音：「你成功了。每天每天那個泡沫都變得小一點，最後它消失了。」

「我找到殺死噬夢族的辦法，剖開過牠們的屍體，知道了一些事情。」

「然後呢？」母體的聲音顯露出興趣。

「如果我讓每個獵夢者都知道，」影說：「不變之約的內容不只是寫下來的那些……，殺死噬夢族的方法被刻意抹去了，而這也是約定的一部分。」

事實很明顯，既然曾立下不變之約，最初的那場大戰，獵夢族必然占了上風。但是殺死噬夢族的方法卻沒有記載下來，這其中必然有兩族的利益交換。

母體一片靜默，地上的砂礫不再滑動。眾所周知，母體的砂礫是獵夢者的遺骸風化而成。「月芽的遺骸在哪裡？」影問。

「一個無法被感應到的地方。」母體說，和他的猜測相去不遠，影不意外，一個晦暗意識構成的地方，也許在某個泡沫裡面。

聖殿懸浮在無邊無際的黑暗，作為獵夢者於現世的統御中心，它是唯一的光。

從聖殿大門延伸出一條長橋，大約三個夢尺寬，長橋約有一夢里，盡頭是一個橢圓形的乳白色光環，光環有如腰帶環繞整座聖殿，並且以聖殿為中心，緩慢地進行旋轉。

無數個亮度不等、大大小小的泡沫像星辰羅列在無垠的夜空，一顆泡沫懸在影的面前，泡沫座標（141.3, 2567, 562），五等亮度，墨藍色，就像夜裡的一朵寒焰。

月芽眼睛的顏色。

影在光橋看了許久。

凜的眼前出現了佛塔，佛塔前方立著一個石碑，上面寫著五個條約和五個例外，獵夢族和噬夢族立下的不變之約。

瀧從塵埃裡走來，看見凜，衰老的眸子裡露出意外的神采。

「你很久沒來了。」

「正確的說法是我根本就沒來過。」

「我不記得了。事實是我也會衰老，記憶又是最不可靠的東西。」

瀧收起了笑容，凜特地過來，自然不是為了閒話家常。

「瀧，我覺得事情出錯了。噬夢族沒有變成鼠類，牠們變得更強大了。」

「喔？」瀧的表情幾乎沒有變化。「你怎麼知道這樣就是『出錯』了？」

「你的意思是……這是必經之路？」

瀧的笑容瞬間衰老了許多。凜被帶入佛塔，一個空神龕從遠方的高處滑動下來。從底下看起來，這些神龕數以千萬計，整齊地排列在佛塔裡面，而佛塔的高度不可測數。

「我們這一支背負著獵夢族的命運，月芽和你、我，還有那個影。」

「這些記憶化為塵埃，變成歷史以前，沒有人能知道是怎麼一回事吧？」凜感慨地說，瀧一如既往沒有回應，只有臉上的線條動了一下，最終還是走了出去，獨留下凜對著一個空神龕。他不禁想起影對於瀧的評語：「什麼都知道，卻什麼都不說。」瀧一定知道，月芽在這裡留下紀錄的那天是他們的最後一面。

然而，他一定什麼都沒說吧！

番外

泡沫座標（137.8, 20, 76），亮度二，顏色紫色。

一百多個夢年以前。

街道上燈火闌珊，烏黑的暗巷裡飄來腐臭的氣味，黑不見底的角落躺著一個女人，蒼蠅在上頭飛來飛去，女人白皙修長的雙腿彎折成奇怪的角度，沾在上面的血和泥都已乾涸，掉在一旁的手提包裡有許多文件資料。

這個女人已經死了。影收起刀刃，銀灰色的眼眸垂視。雙刀懸在他的腰間，天空飄起細雨，夜色晦暗不明。

旁邊是一家酒館，裡面的人不多。沒有人招呼，他就近找了個靠窗的位子坐下來。影假裝喝著調酒，一邊偷偷觀察旁邊的其他人，之所以選擇這個位子，是這個角落方便隱藏自己。

過了不久，一個高大的男人進來，他穿著一身黑色西裝，臉很斯文，眼神銳利，手背卻不自然地慘白，手腕掛著和他不太相稱的金手鍊。

酒館老闆抿起下垂的嘴角，眼神警戒起來。高大男人坐到吧台的高腳椅子上，不知從哪兒拿出來一個扳手，扳手上有乾涸的血跡。酒館老闆看見扳手，像觸電一樣，臉上的線條繃得死緊。

「他們在哪裡？」高大男人的濃重鼻音令人壓迫，當然他本身的相貌也不是容易讓人覺得親近的那種。他的五官稜角分明，看起來不擇手段，甚至也不怎麼講理。「我聽說……，他們接了一單大生意。」

這句話不知道哪裡可怕，酒館老闆竟然臉色發青。

「扳手……」要不是酒館老闆說這兩個字時，眼神不安地看向那男人，影不會認為扳手就是那男人的稱呼。

這個名號很有意思。扳手是那種需要的時候找不到的話，很讓人困擾的工具。

「我要是說出來，雙胞胎不會放過我。」

「少騙我，他們才不是雙胞胎。」扳手嘿嘿笑了起來。「我要知道他們接受了誰的委託。」

「給我一點時間。」酒館老闆敗下陣來。他抹著臉上的汗，沒有什麼比活過今晚重要。

他在桌上劃了幾個字，用的不是筆，而是手指。

他才不會笨到留下證據。

扳手喝下面前那杯苦艾酒，向外走了出去。

一個年輕男人進了酒館，打扮得很花俏，一看就知道做的是不正經的生意。

酒館老闆見到他，臉上的表情更加扭曲起來。

「雙胞胎。」他的語調像呻吟的低語。

「剛才扳手來過……」雙胞胎說。既然稱為雙胞胎，那就必定是有兩個人，來的這個是弟弟。

「他跟你打聽什麼？」

「我實在是很想跟你們這一行的人劃清界線，都不顧慮別人的感受，每個都問一些會讓人丟掉性命的問題。」

「哦？那你告訴他了嗎？」

「當然沒有。」

雙胞胎忽然呵呵笑了起來。「你回答得太快了吧！」

老闆知道他的意思，太快的回答意味著說謊。

然後是一段不短的沉默，雙胞胎喝起威士忌，不知哪個年代的音樂播放著，酒館老闆臉上的冷汗直流。

雙胞胎放下杯子，到影面前的空位子坐下來。

「我不記得曾經見過你。」

影抬了抬眼皮，沒回答他。

「新入行的嗎？」雙胞胎遞了根菸給他。

「算是。」影沒接受那根菸，不過說了話。

「剛才那個人是扳手，我是雙胞胎，你呢？」

「影。」影簡短的說。雙胞胎的輪廓很深，眼窩分明，有點像混血兒。雖然看起來並不魁梧，手上的肌肉卻很發達。

「我知道這裡是什麼地方。」雙胞胎自言自語說起話來，看了看四周。「這些都不是真的吧？」

「你是什麼意思？」影在意起他的話來。

「嘿嘿。」雙胞胎賊笑了起來。「我們走吧，還有事情等著做呢。」

影跟著他走了出去，酒館外頭依然飄著雨。

這個人的眼睛是亮的。

打從來到這裡，就連下了一個月的雨，這個地方的造夢者性格晦暗，到處都是腐敗的氣味。

扳手從酒館出去，走了一小段暗巷，到大路就混進人群裡。似乎是什麼活動的散場人潮，手提袋贈品寫著「未來視界、實境體驗」幾個大字。路上下著大雨，穿雨衣的人不多，很多人撐著傘，人行道上越發擁擠起來。

扳手花了比平常更久的時間走到地鐵站，這使他煩躁不已。他的工作必須嚴格遵守時間，就算幾秒的誤差也會造成挫敗。

因為時常在夜裡工作，他的肌膚略微慘白。扳手的臉就是普通上班族的面貌，就算穿上黑色西裝，也沒有人覺得他是保鑣或流氓，大概就是陰沉的大叔這一類的人物。

地鐵延誤了三分鐘，扳手不愉快地瞪著手錶。車廂裡面人潮依舊洶湧，過了五個站才開始出現空位。

他找了個適合的空位坐下來。嚴格來說，是能看見車門開啟的那一邊，變故常常發生在地鐵開門那一刻。

他要去的地方是終點站，還有二十分鐘，現在的誤差是三分鐘。

即使三分鐘的誤差也可能致命，他曾經聽說過有同行因為一分鐘的延遲，讓死亡車禍發生在無辜的民眾身上。

扳手想著不相關的事，一方面觀察周遭的人。他不能一直思考工作的事情，那樣會使他過於興奮。

終點站到了。扳手氣定神閒地走出地鐵，從地下街的出口出來，外面仍是昏暗的天氣。他站在一個不起眼的角落等著，店家早已關門。這裡沒有監視器，他之前勘察過。

慢了三分鐘，扳手心跳加速起來，目標會不會已經通過這裡。不，過來的路上沒有發現目標，應該還來得及。

三分鐘的誤差讓他心裡有個疙瘩。

因為他，是個殺手。

他的目標是一個上班族，研究機構的研究員，據說他的研究成果很了不起，會改變人類的未來之類的。會不會改變未來還不知道，一定牽扯到一大筆利益，所以有人花錢買他的命。

周秀樹每天早上八點上班，離開的時間則是晚上九點。固定搭地鐵通勤，研究機構和地鐵終點站距離約步行十分鐘，也就是說，他每天經過這裡的時間是固定的。

扳手勘察過，誤差不會超過三十秒。

之所以選擇在晚上動手而不是早上，是因為這附近有一所中學，早上到處都是穿著校服的學生，被目擊的機會不小。

周秀樹走了過來，公事包裡面是他的研究資料。付錢的人不只要他的命，也要這些研究資料，還有他的感應磁卡，上面有核桃的圖案。

目標慢了五分鐘才到這裡。扳手有點遲疑，也許他應該取消行動。雖然周秀樹遲到的原因顯而易見，他手裡拿著剛外帶的熱咖啡。

晚上九點十三分，現在該是喝咖啡的時間嗎？

不管了。

扳手下定決心，握住手裡的針管，裡面的透明液體是致命的麻醉藥。

就在這時，他聽到一個細微的聲響。不祥的感覺湧上，還不知道怎麼回事，他已倒在地上，流出一大灘血來。

扳手死了。

周秀樹不疾不徐走到他的面前。

雙胞胎管前面那個人叫扳手，他和影在人群裡找到他。一路上雙胞胎眉飛色舞，滔滔不絕說著話，整個過程就像一場專為他個人展開的狩獵遊戲。

以一個殺手來說，他的話非常地多。一些是不切實際的抱怨，也有許多內容關於眼前這個扳手。

好比說，他之所以稱為扳手，是因為他殺人以後會用隨身攜帶的扳手在屍體的頭顱敲上一記。他們這一行不喜歡張揚，除了委託人以外，最好不要有人知道，只有扳手反其道而行，而這也為他招來不少生意。

對某些委託人來說，能看見委託對象的頭顱被敲得頭破血流，比起不聲不響地死掉更讓他們覺得這筆錢花得有價值。

他們跟蹤扳手上了一輛公車。扳手在車門附近坐下來，而雙胞胎習慣坐在最後一排。那裡視野最好，能看見所有人，有助於掌控局勢。經過車門的時候扳手朝他們看了一眼，影的手心緊張得直冒汗。

不管那個雙胞胎以為這個東西是什麼，牠絕對不是扳手。

影盯著那東西，按著腰間的佩刀，希望是自己搞錯了，畢竟他也從來沒遇見過這種東西。他所有關於牠們的知識都是從書上來的，偏偏他看過的書不多。

也就是說，他一無所知。

那種東西守著出口的位子，而他的身邊是一個愚蠢又自以為是的人類，他們兩個都是那種東西的食物。

之所以會變成這樣，起因是一場打賭。他和月芽打賭誰先找到食物，於是分頭行動。他們的食物也是人類，但不是那麼血腥粗暴的吃法，他們吃的是記憶。

公車轟隆隆行駛著，停了一站又一站，雙胞胎盯著他眼中所謂的扳手。影想起雙胞胎一路上說過的話，不禁有點奇怪，這個人對這裡不是一無所知。

傾盆大雨打在車窗上，公車裡的乘客越來越少。

「……於是我們分頭行動，長治去保護我們的委託人，我負責殺掉他。」雙胞胎低聲說話，朝「扳手」指了指。

這時候，扳手站了起來。

按照不變之約，影不能向雙胞胎吐露這種東西的真相。話說回來，他所知的也不多。

雙胞胎飛快地掏出外套裡的短槍，對著「扳手」開了一槍。

「扳手」晃動了一下身體，像是被打了一拳，眼神裡充斥著狂暴的怒氣。

一根手爪憑空竄了過來，雙胞胎還在固執地開槍，砰砰砰！一發接著一發浪費子彈，後果只是更加激怒那個東西。影終於忍不住大喊：「住手！他、不是、扳、手！」

這是他所能對雙胞胎言明的極限，不管他看見什麼，這個傢伙的真身是個怪物。人類所見的外表只是牠們為了獵食所作出的偽裝，通常是他們心中最恐懼的事物。

影把兩把刀都拔了出來，刀刃閃耀著銀灰色的光芒。愚蠢的人類！在這種東西面前，影沒有把握保護食物同時也保護自己。

這頭怪物身形高大壯碩，起碼是他的兩倍高，全身布滿堅硬的灰綠色鱗甲，口鼻長成類似爬蟲動物的吻顎，覆蓋著堅硬的鼻甲，頭上帶著一圈棘冠，四肢粗壯，前肢有五趾而後肢只有四趾，趾端有堅硬的勾爪。牠們像人類一樣倚靠後肢站著，看起來就不是溫馴的生物。

書上稱這種怪物為噬夢族，他還是第一次和這種生物見面。牠的周圍帶著一圈霧狀光暈，因為牠剛剛才剝除了偽裝。

牠的瞳孔是琥珀色的，上面覆蓋著一層內眼瞼。影注意到牠的眼神略帶迷濛，書上說噬夢者剛剝除偽裝時是牠們最脆弱的時刻。

那本書是凜給他的，說是一百歲的生日禮物。凜不是個可靠的傢伙，而且慶祝生日是人類才有的習慣。

書上說噬夢者的要害是脖子，也許該趁這時候給予致命一擊。

影盯著牠脖子上重重的鱗甲，找不到可以刺入的空隙。

那個傢伙向前踏了一步。就是現在，影如箭離弦，跳到那頭怪物的背後，銀光閃動，第一刀削下牠脖子一片鱗甲，第二刀就刺了進去。一氣呵成，幾乎讓人看不清，只看到刀影交錯。

他是影，刀影的影，他的刀快到只有影子。

真希望月芽也在。月芽是他的觀察者，老是說他實力不夠，真該讓她看看他手刃噬夢族厲害的樣子。

他敢肯定歷史上沒有發生過，第一次遇到這種怪物就能宰了牠的人。

問題只有一個。

那頭怪物不但沒有倒下來，反倒朝他撲了過來。影罵了一下，凜的那本書果然有問題。

雙胞胎還在開著槍，不但沒有任何幫助，還讓狀況變得更糟。影的刀很快，那傢伙被砍得遍體鱗傷，但是牠的傷一眨眼就癒合起來。不僅如此，還長出新的鱗甲。

就在這時，一陣劇痛襲來，雙胞胎射中了影的腿，他倒在地上。

濃烈的腥臭竄了過來，怪物的一根矛爪按住他，一灘口水滴在他的臉上。

那頭怪物很滿意，影感覺到牠在笑。牠的口顎不足以展現笑容，但牠的眼神帶著貪婪的欣快。

矛爪在影的眼眸上方移動，像是要剜出他的眼珠子。影聽說過噬夢族的用餐習慣，喜歡把獵物生吞活剝。不知道他身上最美味的是什麼部位，不過眼前這位顯然打算從眼睛開始。

影無處可逃，沒想到他會這樣子死掉，死於凜給他的那本生日禮物。

一把刀揮過來，削落那頭怪物的鼻甲，那怪物先是凝住不動，接著轟然倒下。影及時被拉了出去，才沒有被那種東西倒下來的重量壓得稀爛。

「快走！」

影被拖著領子向前掠行，他不禁翻了白眼。雖然死裡逃生非常感激，被這麼拽著領子卻很難受，這個人完全不管被救的人的心情。

過了幾個街區，那個人把他扔下來，影一屁股跌落在地，在地上滾了三圈。一個短髮女生站在他面前，眸子彎彎，眼瞳如同寒焰般的墨藍，笑容輕快，神采飛揚。外表明明就是個高中女生，卻老是那副神氣到不行的樣子。

這個人就是月芽。

「你該不會是看了凜那本書，才砍牠的脖子吧？」

影握起了拳頭，氣到不行。不但又被月芽救了一次，還附送被取笑。下次見到凜這傢伙，一定要跟他算這筆帳。

冷靜呼吸了三次，影才有力氣爬起來。月芽明明就比他矮上一截，為何每次被救的總是他。

「所以，削掉那種怪物的鼻甲就能殺死牠？」

「當然不行！」月芽毫不在乎他的挫敗感。「小朋友，你為什麼不多獲取正確的知識，老是要跟凜混在一起呀？」

「我不是小朋友！」

「那種怪物是殺不死的啦！」月芽笑了笑，「砍掉牠的鼻甲能夠暫時麻痺牠的神經系統，我們才能逃得掉呀。」

「牠，是噬夢族對吧？」

「沒錯。」月芽摸了摸他的頭髮，「我們的影遇到噬夢族了呢！下個泡沫我請你喝啤酒慶祝一下。」

影瞪著月芽，被她當成小孩子又摸又捏根本就是恥辱。他也曾抗議多次，問題是月芽根本不管。他們的力量相差太多，月芽再怎麼捏他，他也不能怎麼樣。

月芽的刀名為「流星」，是獵夢族裡少數曾被祭司們命名的武器。

「姑且不說這個。月芽，打賭是我贏了。」

「怎麼可能？」月芽笑得輕快，在影的眼裡這笑容有幾分不懷好意。

「公車裡那個雙胞胎，他就是造夢者，我先找到的。啊，糟了！」他被月芽救來這裡，那個雙胞胎該不會已經被吃掉了吧？

「放心啦，他們不是跑過來了嗎？」月芽指著前方的路口，果然有兩個人類跑得氣喘吁吁過來。以他們的移動速度能逃到這裡，也算是拚了老命。

「這兩個人類長得真像。」影皺著眉，月芽胸有成竹的表情使他隱約感覺到不對勁，他會輸掉賭注。

「不然怎麼會叫雙胞胎？影，你要好好研究人類的詞彙才行。」

那兩個人離他們越來越近，影盯著他們的眼睛想找出哪一個是亮的。這兩個人有一個是無關痛癢的路人，另一個卻是這個泡沫的造夢者，辨別的方式只有一個，就是他們眼瞳的亮度。

「老哥，扳手怎麼變成那樣？該不會是玩太多次，有啥程式病毒之類的？」雙胞胎再也跑不動了，癱著腿坐了下來。

他就坐在六線道大路的正中央，那些車子經過他旁邊就自動繞開，沒有一輛撞上他。

「你白痴啦，俊治。那個才不是扳手，扳手早就被我幹掉了。」

「又是你幹掉扳手？」

「對，你又輸了。」

影的臉色慘白，這兩個人眼瞳都是亮的。

「怎麼會……」影呻吟著，不敢相信眼前所見。一個泡沫有兩個造夢者，也就是說這兩個人類共享夢境。

「我找到的那個人也是造夢者。」月芽說：「也許因為他們是雙胞胎的緣故。」

「接下來怎麼辦？」影問。

「做完該做的事，回去把事情記錄下來。」

所謂該做的事，也就是吃東西。影通常很享受這個時刻。他們吃掉的是記憶，這兩個人將不會記得泡沫裡面發生的事情。有兩個造夢者，意味著有兩倍分量的餐點。

不過現在他一點也不興奮。

因為月芽又贏了，而作為代價，他得去聖殿的界石刻下「影輸給月芽第五百二十三次」。

姑且不論聖殿的祭司會非常生氣，在界石風化的數十年間，這些字會一直被看見。

凜那個無聊男子，八成又會去拓印下來，張貼在自家門前。

影想到就覺得頭痛。

月芽的表情不同尋常，她的眸子裡有一瞬即逝的悲傷。

「月芽，怎麼了？」

「影，你知道嗎？總有一天噬夢族會變成鼠類。」

「鼠類？」怎麼可能？

「我看見了，我到過那個地方。我們要加把勁才行，你和我都是。」

月芽又摸了摸他的頭，把他當成小孩子一樣。影用力瞪著她，一股厭惡油然而生，剛才月芽說的話也忘得一乾二淨。

後記

有個時期很喜歡讀奇幻小說，於是寫了《獵夢者：影》。故事起源於某個夏日的午後打了個瞌睡，我完全不記得夢裡發生什麼事，好像有某種不明生物吃掉我的記憶。

於是我想，來寫一個關於夢境被吃掉的故事好了。

這個故事是很久以前寫的，是一個奇幻風格的小說，篇幅不長。實體書的這個版本作了很大幅度的翻修，加了一些人物，故事線變得更完整，幾個主要人物的性格也比較飽滿。人類世界的故事和獵夢國度的命運在夢境泡沫裡面交織纏繞。他們困在裡面，每個人的目的各不相同，除了想辦法活下來，還要完成自己的任務。

夢境裡面總是會發生一些沒有邏輯的事。有些人忘記自己要做什麼，有些人則是當成真實世界安頓了下來。

描寫這些事情非常有趣。

故事不長，希望能帶來一點樂趣。也許哪天一覺醒來，會記得一個黑暗無垠的獵夢國度。說不定獵夢者的肚子不餓，終於留下一點點記憶給我們。

希望大家的泡沫都是沒有噬夢族的一等好泡沫！

釀冒險74　PG2944

獵夢者：影

作　　者	蘇　愚
責任編輯	尹懷君
圖文排版	陳彥妏
封面設計	吳咏潔

出版策劃	釀出版
製作發行	秀威資訊科技股份有限公司 114 台北市內湖區瑞光路76巷65號1樓 電話：+886-2-2796-3638　傳真：+886-2-2796-1377 服務信箱：service@showwe.com.tw http://www.showwe.com.tw
郵政劃撥	19563868　戶名：秀威資訊科技股份有限公司
展售門市	國家書店【松江門市】 104 台北市中山區松江路209號1樓 電話：+886-2-2518-0207　傳真：+886-2-2518-0778
網路訂購	秀威網路書店：https://store.showwe.tw 國家網路書店：https://www.govbooks.com.tw
法律顧問	毛國樑　律師
總 經 銷	聯合發行股份有限公司 231新北市新店區寶橋路235巷6弄6號4F 電話：+886-2-2917-8022　傳真：+886-2-2915-6275

出版日期	2023年10月　BOD一版
定　　價	320元

讀者回函卡

Printed in Taiwan

國家圖書館出版品預行編目

獵夢者：影 / 蘇愚著. -- 一版. -- 臺北市：釀出版,
2023.10
面；　公分. -- (釀冒險；74)
BOD版
ISBN 978-986-445-856-1(平裝)

863.57　　112013897